鎧甲的裂縫

給貝奈緹克

目次

宮廷式的愛情

1

「停，不要再說了。再堅持下去也沒用的。」

我真的一點也不想去。我現在精疲力盡、蓬頭垢面，更別說沒刮體毛了。這種情況下，我無法控制自己的言行，再加上我也很清楚今晚沒有豔遇的可能，最後只會以爛醉如泥收尾。

我知道這是太過神經質的表現，但我實在無法勉強自己，如果沒辦法完美登場，如果沒幫小妹妹刮毛，我可不想把自己推上場。

更不用提今早完成某個案子後還跟混蛋主管周旋了一番，現在可謂心力交瘁。

跟主管的爭執源於寶可娜公司的敏感幼犬（Puppy Sensitive）狗飼料。

「不賣，」我再次申明，「我絕對不賣。這根本就是詐騙。幫助大腦和視力發展？」我把那包三公斤要價二十七歐元的狗飼料交回他手上時，又唸了一次包裝上的文字。要是真有這麼神奇，那些老狐狸最好自己先呑一些。

親愛的組長離去時不忘碎碎唸：他的報告、我的服裝、我的用詞、我永遠拿不到的無限期合約，有的沒的。我全當耳邊風。他是趕不走我的，這件事他比誰都清楚。自從我加入工作團隊後，公司的盈利都足夠繞統計表兩圈了。更不用說還有我從老東家發福洛那裡帶來的死忠客戶，所以說啊……

去你媽的。只會打卡上下班的傢伙，去你媽的。

我不知道他爲什麼急著舔那家廠商的屁股，大概是對方給了誘人的承諾吧。狗飼料造型的手機殼、給家裡貴賓狗用的牙膏或是週末海灘逍遙遊……噢，可能是更棒的，藉口出差參加業務研討會，事實上是背著老婆去搞別的女人。

的確很有可能……

我在薩米亞家，一邊吃著她媽做的阿拉伯式甜點，看她一絲一縷、一絲一縷地把頭髮燙直，感覺是要燙到天荒地老。看著她這麼做，我不禁要想，也許戴上面紗反而是眞正解放婦女的行爲。我舔著覆滿十指的蜂蜜，怔怔望著她無比的耐心。

「可是，那個……你們公司什麼時候開始賣起派皮了？」她問道。

「妳說什麼？」

「就是，妳剛才說的，什麼狗飼料啊……」

「不是啦。是Puppy，英文的幼犬。」

「哦！對不起，」她露出傻傻的笑容，「所以呢？有什麼問題嗎？妳不喜歡那款狗飼料的味道嗎？」

「……」

「嘿，好啦好啦。不要擺出這種表情。就不能開個玩笑嗎？晚上跟我去一下吧，拜託嘛……走啦走啦……露露……就這麼一次，不要拋棄我。」

「今晚是在誰家？」

「我哥以前的室友家。」

「我根本不認識。」

「我也不認識，可是管他的！我們可以去看看，物色一下，隨便挑個上眼的，然後就有精彩的故事可以聊了！」

「根據我對妳哥的了解，一定又是個布爾喬亞①的派對……」

「很好啊！布爾喬亞多好啊！都是可口的小鮮肉呢，這位太太！不需要動用堂表兄弟姐妹的人脈就有得吃，幸運一點的話，隔天早上還有可頌可以享用。」

話雖如此，我還是提不起勁。我不敢說出還有好幾集《性感尼可》要追，也不敢坦白其實我對這種可悲的釣魚計畫感到厭煩。

想到要搭區間快鐵往返就心累。現在的我又冷又餓，身上還散發著兔子大便味，只想窩在被子裡看影集。

她放下手上的Babyliss離子夾，在我面前蹲了下來，嘟起嘴唇，雙手合十。

好吧。

我嘆了口氣，朝她的衣櫃走去。

友誼萬歲。

①意指中產階級，爲bourgeoisie之音譯。

友誼，唯一能幫助我大腦發育的東西。

「拿那件 Jennyfer ② 的上衣！」浴室傳來她的意見，「超適合妳！」

「呃……那件阿花上衣？」

「亂講，明明就很美。前面還有一隻貼了水鑽的小動物。我覺得完全就是爲妳設計的！」

好吧。

我借了除毛刀、沖了個澡，用盡全力把咪咪擠進貼了一隻閃閃發亮的 Kitty 的 XXS 號T恤裡。

下樓後，我又轉過身面對信箱旁牆面上的鏡子，檢查木木的鬍子有沒有從我的低腰牛仔褲竄出來。

噢，沒有，可惡……得再把褲頭拉低一點了。

我愛死這個刺青了。那是一隻木書龍（事實上，好像應該叫木須龍）（就是花木蘭裡的那隻）（對，我不是開玩笑，這部卡通我至少看了一百五十六次，而且每次都痛哭流涕。特別是她在操練的時候成功爬上木桿的那一幕。）幫我刺青的師傅發誓那是明朝時眞的存在的龍。我選擇相信他，畢竟他也是個中國人。

「哇噢……妳一定會是全場的焦點。」

鑑於這句話出自最好的朋友口中，我並不打算當眞。然而，當我看到電梯裡走出的男子時就頓悟了。

好啦，也許她說的對。

那名男子看起來快不行了。

② 法國少女服裝品牌。

小米指向牆邊：

「這位先生……那裡，滅火器在那裡……」

他還沒會過意，我們已經笑鬧著朝車站跑去了。腳上的高跟鞋讓我們看起來就像《冰上假期》裡的小鹿斑比和桑普兔，所以我們緊牽著彼此，藉此保持平衡。

最後，我們搭上晚間七點四十二分的SCOP列車。出發前還順便確認了要是玩過頭，半夜十二點五十六分還有最後一班ZEUS列車可以返家③。上車後，薩米亞立刻掏出數獨，一副「我是壁花少女，謝謝再見」的姿態。不這麼做的話，我們大概得一路被蒼蠅騷擾吧。

2

布爾喬亞，這話不假。我們至少輸入了四次電子碼，才終於走到開胃小脆餅身邊。

四次！

真心不騙，跟這棟建築比起來，博比尼的省政府公署簡直就像摩比人④農場一樣陽春。

我原本一度以為今晚就要在門廊裡的回收垃圾桶旁自娛了。這樣的想法簡直令人抓狂。這完全是經典的小米，她就是那種會說出「我知道我沒額度

③ SCOP和ZEUS為巴黎區間快鐵的路線編碼，於1970年時編成，首字母為終站代號，第二個字母標示出是否為直達車，最後兩個字母沒有意義，純粹為了方便發音而存在。以ZEUS為例，Z代表終點站為Saint-Germain-en-Laye，E代表為慢車。

④ 摩比人（Playmobil）是一家老牌德國公司出廠、家喻戶曉的情境式組合玩具。

了，但我還是要刷這張卡」的人。

幸虧一名帶迷你雪納瑞出門方便的男子現身拯救了我們。

可憐的小狗被兩個如餓虎撲羊的女子嚇得不輕。我得聲明，平常的我可是連螞蟻都不忍傷害的。我承認剛毛狗不是我的菜。滿臉長鬍子、肚子上叢生的長毛和四肢上繞圈的毛，全是清潔時的災難。這是我始終無法喜愛雪納瑞的原因。

胡亂按了一陣對講機後，總算找到願意放行的好心人。當然了，在進入溫暖的室內沒多久後，我們就找到了阻凍劑。

我啜著手裡因爲退冰而令人作嘔的潘趣酒，360度掃視全場，好似掂量超市內的裸賣商品。

嗯哼……我想我已經走在後悔拋棄影集的路上了。在場的只有剛斷奶的小奶貓。不是我的菜。

沒搞錯的話，這個場子的主人是個藝術家。今晚展出的攝影作品是一個妹子去印度或不知道哪裡拍的。我沒多看。畢竟難得踏進富人區，我可不想再看到窮人家的影像。

再說，這種影像我自己家裡多的是。

小米這時已對一名歌德風裝扮的男子展開攻勢。男子抓了一頭叛逆的髮型，大概用了媽媽的媚比琳眼線筆上妝。一開始，我還不明白小米爲什麼要搭上一個參加嘉年華派對的傢伙，直到看見那滿身釘子的德古拉身旁站著一個配戴 Gucci 行頭的小子。

啊，好的。叮，謎題得解。就是你了，錯不了的。

我太了解小亞亞了。她大概是爲了勾搭那位繫了正牌古馳皮帶的男子才這麼做。這麼一想，她還眞會鋪路啊。

通往大屌的路。應該這麼說。

與其變成電燈泡，我決定到公寓裡晃晃。

普普。

只有書。

我不禁同情起打掃阿姨的處境……

我彎下腰，端詳一張貓的相片。從牠腳上的白色襪套可以看出是隻伯曼貓。我喜歡這種貓，但牠們太脆弱了。更不必提價格了……一隻伯曼貓的錢買得起兩隻暹羅貓，算起來每隻小腳的單價可真高。想到這裡，我又想起了身上的爪痕和店裡還沒拆封的貓樹和爬架。呼……那一區騰不出空位了。先等這一波特價結束吧……

「那是亞森。」

幹，這混蛋嚇死我了。

我沒注意到那裡有人。他一直坐在我身後那張扶手椅上，由於隱沒在陰影中，我只看到他的雙腿。嗯……其實是看到那雙大嬸的襪子和黑色的短靴，還有他放在扶手上的手和大手把玩著的小火柴盒。

「我的貓。更準確地說是我爸的。亞森，這位是……」

「呃……露露。」

「露露？」

「對。」

「露露……露露……」他反覆咀嚼這個名字，語帶神祕地接著說「露露，所以本名可能是露絲或露西。也許是露西亞……或者露蒂芬……還是露西安？」

「露德蜜拉。」

「露德蜜拉！太幸運了！竟是普希金筆下的女英雄！親愛的，那您的魯斯蘭呢？還和那滑頭的羅格戴一起找尋著您的芳蹤嗎？」⑤

救命。

他媽的，爲何每次都遇上這種從身心障礙職業重建中心逃出來的人。

他說的對，我眞是太幸運了。

「不好意思，您說什麼？」我只能這麼回答了。

他站起身，身材和他的大腳不太搭嘎，長相甚至可以用可愛來形容。該死，跟我想像中的有點距離。

他詢問我要不要喝點什麼。在看到他拿來的兩杯飲料不是塑膠杯，而是裝在他廚房裡的玻璃杯後，我就隨他到陽台上抽菸了。

為了表現我其實不像外表看起來那麼愚蠢，我問了他是否因為亞森・羅蘋和白手套才把貓的名字取為亞森。那一剎那，我看見一抹失望的神情閃過他的臉龐。儘管他誇張地稱讚了我，語氣中還是透露了這樣的訊息：該死，這傻子沒有外表看起來那麼好上。

是的，人不可貌相。看起來粗俗的外表只是一種偽裝而已。就像樹幹上的壁虎和冬天皮毛會變色的北極狐，看得見的外表並不代表真正的我。

據說有一種母雞，我一時想不起名字，這種母雞的雞腳後方長了毛，可以一路抹掉走過的痕跡。我也是這樣的，只不過我的順序相反：我會在還沒接觸到對方前就先混淆視聽。

⑤ 露德蜜拉是俄國作家普希金的長篇詩作〈魯斯蘭與露德蜜拉〉中的女主角。故事講述魯斯蘭在羅格戴的陪同下，尋回被怪獸抓走的心上人露德蜜拉。這部長詩後來也被改為歌劇。

爲何如此？因爲我的外表會讓人誤解我的本質。

（更不用提從閨蜜薩米亞那裡借來的這件跟捕蠅紙一樣服貼的上衣了。）

總之，我們的話題從他的貓展開，再談到貓這種動物，然後是狗等等的，不算有深度，但聊起來比較有愛，直到話鋒突然轉到我的工作……

得知我負責照顧貝埃伯地區的「動物星球」裡所有的動物時，他驚訝不已。

「所有的動物？」

「是的……釣魚用的麵包蟲、狗、天竺鼠、沙鼠、鯉魚、鸚鵡、金絲雀、倉鼠，還有……嗯……兔子，侏儒兔、垂耳兔、安哥拉兔等等的，還要再加上那些我在蘭姆酒的酒精作用下想不出來，但動物星球裡都有的動物哦！」

（事實上，我並不是眞正的負責人。但他是住在聖母院對面的人，而我住在國家體育場後面，面對這種差距，我覺得有必要平衡一下。）

「太妙了。」

「什麼意思？」

「不，不，我是說，美妙。眞是浪漫的工作。」

哦，是嗎？我這麼想。搬運、上標、抬貨、裝滿一袋又一袋跟自己一樣重的飼料、忍受各種顧客，包括自以爲全知全能的愚蠢飼主，以及死纏著你不放、硬要針對被棄養的老貓發表意見的歐巴桑，還有帶著小孩養死的倉鼠來換，嘆著氣，一副拿錯尺寸要求換貨的嘴臉的父母。更別提老是跟主管不合、不小心發現排班表總是跟著馬屁精的喜好變動、爲排假戰鬥、餵養一整窩的動物、確認飲水槽、隔開籠子裡的霸主、幫助垂死的動物走向生命終點、處理遺體、每天換超過七十公升的水，你說這些事很美妙？

不過，按照他問了千百萬個問題的模樣來看，這話大概是眞心的。

「特殊寵物」是什麼意思？眞的有人把蟒蛇和眼鏡蛇養在兩房的公寓裡嗎？薄荷潔牙棒眞的有用嗎？因爲他爺爺的拉不拉多眞的很臭。（在那之後，他沒有再用過「爺爺」這個詞，而是像有錢人家吃的果醬品牌一樣，稱他爲「好爸爸」。眞是可愛。）我喜歡鼠類動物嗎？動畫《料理鼠王》上映後，是不是眞的捲起一股養鼠風潮？我有沒有被咬過？有沒有接種狂犬病疫苗？有沒有抱過蛇？哪一種蛇比較容易上手？還有……

怎麼處理那些沒賣掉的動物？

幼犬長太大了以後怎麼辦？

處死嗎？

那老鼠呢？多出來的老鼠會送給實驗室嗎？

眞的有人把烏龜丟到馬桶裡沖走嗎？養狗的貧民龐克眞的都很溫和嗎？兔子眞的不喜歡大麻的味道嗎？巴黎的地下水道裡眞的有鱷魚嗎？還有……還有……

我醉了。是美好的陶醉。沒有變得暴躁，只是有點飄飄欲仙。也可以說是微醺。

坦白說，基於對這份工作的熱愛，我並不介意再穿上工作服。儘管我現在身處豪宅之中，而且早就過了下班時間。

我描述了店裡每個層架上的商品，從地板到天花板，鉅細靡遺。他專注地聽著，嘴裡也不斷重覆：太棒了。太棒了。

太棒了。

「魚也歸您管嗎？」

「魚也是。」我點了點頭。

「快說，全都告訴我。」

這種感覺有點奇妙。我沒醉，但心情卻十分愉悅。

就是……他剛才是怎麼形容的？

美妙。

「這個嘛，先生，首先您得決定要用淡水還是鹽水，兩者的器材不同。如果想要一個還算好看的水族箱，可以選擇俏麗的神仙魚。這種魚游動時，修長的背鰭會優雅地擺動，高雅宜人。身形有如CD般圓扁的七彩神仙魚更是美呆了……還有斑馬魚、夢幻小丑燈、三角燈、霓虹燈都是閃耀著霓虹光澤的寶石……宛如水中螢火蟲……當然也不能忽略會啃食藻類、清潔水族箱的小精靈和會清理玻璃的琵琶鼠……我呢，我也喜歡身上有三條黑線的三間鼠，很優雅，可是這種魚喜歡躲在底層，大多時候不見身影。還有孔雀魚……和接吻魚。但這兩種魚要小心伺候，牠們都是麻煩製造機，經常會吃掉霓虹燈。無論如何，我的建議是把牠們養在一起，而且從魚苗開始養。當然了，我們也有各式各樣的水族箱。Aquatlantis、Nano、Eheim、Superfish，每種品牌都有，也可以找到市面上所有的水族用品和種類繁多的獨家商品。底砂、小石、植株、造景、過濾設備、加溫器、空氣幫浦和酸鹼質穩定設備。我就說吧……什麼都有什麼都不缺……」

我第一次遇到對我那索然無味的生活有興趣的人，甚至可以用著迷形容。堆放在商店遙遠彼端的存貨、每日好幾公里的步行距離、我的疲憊、環境衛生的問題，還有我和犬癬、貓癬、貓流感的長期抗戰等等的。而且，我感覺得到他表現出的好感是眞誠的，是眞的對這些事感興趣。若非如此，在深冬中俯瞰著巴黎聊天的我們早就感受到逐漸凍死的威脅了。

不可否認他的眼神有點打量我的意味，但……嗯……就是他的個人特質：令人安心。這件事也是，對我來說非常陌生。我的胸和我這個人，都對這般的好意感到陌生。

在看到我開始起雞皮疙瘩後，他馬上提議進到屋內。於是我們又走入了音樂和煙霧彌漫之中。

才走進屋裡，落地窗還沒完全關上，一名骨瘦如柴的妹子就朝他撲了過來。女子興奮地用嬌嗔的嗓音盤問他剛才去了哪裡、做了什麼、音樂爲什麼那麼難聽……這時，她突然意識到了我的存在。

這條鰈魚似乎立刻清醒過來。

「噢，不好意思，」她做了個手勢，「我沒注意到你……呃……有個好女伴……」

（是的，我沒有幻聽。這小婊子說「好」字時加重了語氣。）

他露出小貓般的笑容回道：

「是的，我知道妳沒注意到。」

她轉向我，使盡全力咧開大嘴，試圖送上和善的笑顏，那表情大致傳達「荷爾蒙灑好了，領土範圍已劃定，這位肥潤的女士請速速離去，否則別怪我狠下毒手。」之意，然後勾起了他的手臂，把他拖向人群。

我藉此空檔找尋小米，卻不見她的蹤影。也許她已經抵達義大利了吧，經由神祕的百慕達三角洲直達目的地……晚會上已沒有任何食物，音樂很沒勁，有點大聲但沒有大聲到會打擾鄰居，賓客們也各自聚成了封閉的小群組。

我從包裡拿出毛衣，把我的小木須龍蓋好，以免牠著涼，然後才穿上大衣。離去前，我最後一次環視整間公寓，希望能向整晚唯一一個與我攀談的人道別。

無影無蹤。兩分鐘前，他還滿懷熱情地傾聽我的故事，誰知道另一個婊子才掛了餌，他就立刻上勾了。

唉……該來的總是會來。至少我是逃不出這種定律的。而且機率並不小。

每一個對我的商品以外的事物產生興趣的男人都不會逗留太久。隨興摸摸或盡速丟棄。這就是我的——命運——

我剛才說了一堆工作上的鳥事，可是事實上這些小動物從來不會這麼對我。從來不會。

我花時間照顧牠們，我的眞心、我的細心照料，牠們都銘記在心。無論我在什麼時間點經過籠子，牠們總會以各種方式表示友好。牠們會暫停進食、抬頭示意，發出吱吱、嘎嘎、嘰嘰的聲音，手舞足蹈、吹起口哨，甚至是歡唱，待我走遠後，就會再度埋首用餐。

而我也一樣，每回送走動物我都會感到悲傷。即使只是一隻白色的小老鼠，或是傻呼呼的鸚鵡，就算買走牠的人看起來很有愛，我都會因此情緒低落，數個小時不發一語。

薩米亞認爲這是因爲我離父母太遠，累積了過多缺乏愛的感受。我也不知道。我想也許單純因爲我傻吧。

呼，這寒氣逼人，籠罩在體內、體外，我的頭腦裡和這街道一樣凄涼。我的手指凍成了冰，而內心也同樣在深冬。

在這種情況下回顧人生，絕對是糟透了的主意，無奈越是這種時刻總越容易胡思亂想。

我單身，租處是一間破舊的套房。房間的面積甚至比我公司的休息室還小。每逢週日，我都會到姐姐家跟孩子們玩。這麼一來，他們就能抽空完成修建房子的工作。長假期間我也從不出門，留在原地爲幾個老交情的顧客和大樓內的租戶照顧寵物。當然還有雪莉，大樓門房的小約克夏。這麼做不只多了不去拜訪叔叔阿姨的藉口，還能湊到房租。

其他時間我都在工作。

我偶爾也會和朋友出門玩樂，經歷許多故事，一段比一段還慘烈。雖然我這麼說，但「故事」其實不是最恰當的用詞，不過我們心照不宣。

公司裡有個同事老是要我上網找對象，但我一點興致也沒有。

我平常依賴顯示圖片訂購商品都會得到令人失望的結果。人們玩電腦玩到腦筋有問題了。他們深信他們看到的，但實際上這就和在亮晃晃的櫥窗外挑選商品是一樣的道理。

沒有人看得出我是這樣的人。沒有人知道我會在腦海裡獨自盤算，我能分辨出言語的好壞，而且對網路有諸多意見。

反正，沒有人了解我，所以……

幾個小時前，我還連巴黎市裡有兩個島都不知道。剛才在陽台上聊天時才發現這件事。對二十三歲的少女來說，眞是可悲極了。

因爲最近沒有搭乘計程車的餘裕，我一心朝著夏特雷站的方向跑去，深怕錯過最後一班區間快鐵。這時，遠處傳來聲音：

「公主！公主！別跑那麼快！會弄丟玻璃鞋的！」

不是吧……

難以置信……

穆德探員⑥跟上來了……

也許他還有一個問題？金絲雀的價格？或是給白鼬運動的跑球？

他彎著腰喘氣，試著說話：

⑥ 穆德探員是美國影集《X檔案》中的主角之一。

「您爲……爲……什麼那麼……快就離開了？您……呼……您不想……呼……再喝一杯嗎？」

我向他說明不想錯過 ZEUS（宙斯）線快鐵的事。這件事讓他笑了出來，並提議陪我上奧林匹斯山。但我卻因此難過了起來。

看來我的麻煩大了。我心裡清楚，這一局我撐不了太久的。要是想繼續玩下去，可能就得跟他上床了。是啊，我很明白，除了那些動物外，我沒有更好的牌了，剩下的幾個優點也再平凡不過。

於是，我選擇沉默。

我們一起走下車站階梯，我示意要沒有買票的他貼緊我，一起通過閘門。

嘿嘿……我也有自己的加菲貓笑容。

車站裡冷冷清清，彌漫著令人不安的氣氛：可以在地下道入口進行快速交易的毒販、爛醉如泥的狂歡少年、筋疲力盡的清潔工。

我們坐在月台尾端的長凳上等待列車進站。

一陣老掉牙的沉默。

他沒有出聲，也沒有再提出任何問題。但我仍然擔心著自己露餡，害怕多年來混水摸魚的求學生涯和失敗的執照考試被他挖掘出來，所以我選擇當一隻壁虎：紋風不動，完美融入背景之中。

我讀了月台上的廣告，再看看雙腳和散落一地的破報紙，試著猜測缺漏的字，心裡盤算他是否眞的要一路跟著我回家。這件事著實令我感到困擾。我打算繞個路，經過南邊的奧利機場，然後轉向東邊的迪士尼，這麼一來，也許他會放棄窺探我的生活和住處的想法。

他觀察著每一個人。讓人覺得他渴望向每個人提出問題，就跟剛才問我的一樣多。

一克多少錢？貨是從哪裡來的？利潤好嗎？如果情況失控，你們要怎麼辦？從那些地下通道跳跑嗎？您呢？您剛才去參加什麼樣的晚會？慶祝生日嗎？足球賽嗎？您現在要去哪裡？請問，這些沾滿嘔吐物的東西還是您的母親清理嗎？太太，您呢？今天是去清辦公室還是商店？是個苦差事嗎？他們至少提供了吸力夠大的吸塵器吧？您是從哪個國家來的？爲什麼要離開那裡？付了多少錢給走私販？後悔嗎？是？不是？有點？孩子呢？您有孩子嗎？您三更半夜在離馬利這麼遠的地方等快鐵，誰幫您照顧小孩？

過了好一陣子後，爲了重新搭上線，我還是開口了。

「您好像對所有人都有興趣。」

「對，」他低聲道，「沒錯。所有的人……每一個……」

「您是警察嗎？」

「不是。」

「那是做什麼的？」

「我是詩人。」

幹，我活像個白痴。我甚至不知道還有這種職業。

他大概察覺到我的心思，轉向我補了句：

「您不相信嗎？」

「不，不，只是……呃……那應該不是眞的職業吧？」

「眞的職業？」

突然間，啪，他變得極度失落。臉色暗了下來，雙眼就像遭遺棄的可卡犬。說眞的，現在的情況一點也不有趣了，我只希望南瓜馬車快來接我。

「也許您說的有道理，」他依舊低聲說話，「也許眞的不能算一種職業。那麼應該算什麼呢？一場騙局？一則恩典？一份榮耀？詐騙？宿命？或是用來在這種烏煙瘴氣之處撩妹，並期待天雷勾動地火的高招？」

幹。又回到第四度空間了。

這就是高攀的代價，只要一陣風，就會讓人失去平衡。

而這長了癩癌的快鐵還遲遲不肯進站……

他現在已經不再四處張望了，反而看進了自己心裡。跟兩個毒蟲、三個醉漢和一個清潔婦比起來，他現在發現的事大概沒那麼「美妙」和「浪漫」。因此，我們又陷入比剛才更尷尬的沉默之中。好一段時間後，他沒有從思緒中走出來，只說道：

「話說回來，露德蜜拉，以您爲例。您就是詩人必須存在的理由之一。您……」

我實在太好奇自己是什麼樣子了，一動也不動地等待著。

「您是頌詩之夢。」

「什麼？」

一道光芒射下。他回過神：

「十六世紀時，」他又開始胡扯了，臉上掛滿愉悅與自信，「蹩腳詩人、打油詩人、拙劣詩人和其他愛作夢的人都會做這種事。我的意思是，他們會用像你們這樣的人偶然施捨的靈感創作。寫頌詩就是盡可能以最簡潔、最雅緻的方式誇大形容女性的身體部位。而您，可人的露莉亞，我對您……」

他靠近我，伸手摸了我的頭，輕柔地唸出：

飄逸、纖細的長髮，
牽引我心……
接著又向下滑至我的耳洞和耳環：
烙印心田的雙耳
朱唇吐露真意。
字句沁流入裏

直至雙鬢……
現在我成了鬥雞眼：
遠山新月各式眉
追逐、捉弄彩雲間……
下一步，他的食指開始在我的臉上遊移，就像給小孩唱兒歌一樣：
玲瓏、光滑、細心照料的鼻頭，
非長非短，比例完美……
我的嘴角上揚，露出笑容。他卻藉機敲了敲我的小牙：
噢，美麗的齒，整齊、劃一，
此情此景，我之榮幸，
只為咬嚼，不免惋惜。
聽到這裡，我笑了出來。
正因爲這一笑，我知道自己失守了。若非如此，至少也離潰敗不遠了。

那一刹，我聞到了焦味。

「列車進站中，」地上的指示燈開始閃爍。我站起身。

他也隨我上了車。

地平線上視線可及的範圍內，我們是唯二的乘客。我們面對面坐了下來。

沉默又伴隨著鐵道摩擦的聲音降臨。幾分鐘後，他又若無其事地說下去：

「當然了，還有很多不同的作品……我是說頌詩。除了頭髮和腳趾外，您可以想像還有其他，應該說，也可能有其他能啓發靈感的部位吧……」

「哦，是嗎？」我盡力忍住不笑。

「舉例來說，其中一首最著名的是克雷蒙．馬洛的〈迷人的乳頭〉。」

「我懂了……」

我把注意力集中在地下隧道旁的小燈上，試著保持冷靜。

「或者也有寫肚臍的。小巧的結，上帝之手，在諸事完美之後，創造出的最後一點，」他堆起滿臉笑容，「這可人的一方，暗藏著渴望搔弄的慾望……」

「肚臍也可以寫成詩？」我拉高音調，聽起來就像對教授的胡言亂語興致高昂的馬屁精。

「哦是的……就像我剛才說的……除了肚臍外，還有它下面那些鄰居……」

奇妙的夜。奇妙的火星搭訕法。荒唐至極。要是哪天有人說在午夜的D線上遇到雨果本人，而且那人能讓我的身體發燙，我肯定會回頭一探究竟。

於是我極盡忸怩之態問道：

「哦？那您背不出這些詩嗎？」

「可以，只是……呃……」

「什麼？」

「嗯……我不想嚇到其他人。畢竟我們在公共場所。」他壓低了聲音，眼角餘光射向空盪的車廂。

就在此時，在我人生的這一瞬間，在列車就要駛進北站前，我對自己說了這三件事：

一：我想和這隻溫柔的鴨子上床。我想這麼做，因爲跟他在一起很開心。仔細一想，世界上最舒暢的事，不就是和一個溫柔的男人快樂地躺在床上嗎？

二：我不會有好下場。重蹈覆轍。這是一則從一開始就註定以悲劇收場的故事。大致就像世界大戰、文化衝擊、階級鬥爭這一類的。所以我不會付出一絲一毫。我會脫下衣服，傾聽身體每一個部位的飢渴，滿足需求後就瀟灑離去。不留號碼，隔天不傳簡訊，不在脖子上輕吻，不擁抱，不微笑，不留任何痕跡。

沒有一絲溫柔。沒有任何會留下記憶的東西。頌詩，可以，但頌過頭的話，星期一早上我又得抱著兔寶寶痛哭一陣了。

這一連串觸撫與小詩雖然很美，但也是經典的撩妹高招。那些背得滾瓜爛熟的人，一定是說過上千次了。

更何況，我根本沒有長髮。

所以，請閉嘴，發動攻擊前，讓我們再評估一下情況。計畫如下，簡單的很：

先生您好，歡迎光臨，再見。

我的榮幸。

三：不能去我家。不能在那裡。

「您在想什麼？」他語帶擔憂。

「旅館房間。」

「噢，主啊，」他哀嘆著，裝出受到驚嚇的模樣，「普希金筆下的女主角……我早就該想到的。」

帶把的詩人，真是令人垂涎欲滴。

於是，我笑了。

「噢，笑吧，向我敞開通往你天堂的大門……」

這詩引用得真是恰到好處。

3

在接下來的情事後，在如朱紅的飾鈕或紅寶石扣子般的小蓮後，在可愛、難攻、座落在敵軍難以靠近的兩座山之間的翹臀後，在這幾個小時的美好事物和古法語的花言巧語後，在我們休息之際，在他環抱著我之時，我問了他：

「那你呢？」

「什麼？」

「剛才那些啊，都是你從書裡讀到的，可是你呢？你可以給我做一個嗎？只屬於我的。」

「什麼？一個小孩？」他裝出驚訝的神情。

「才不是啦，笨蛋。一首詩。」

他沉默了好一段時間，久到我以爲他睡著了。其實當他用手指捲起我的髮絲時，我也幾乎睡著了。他捏著木須龍的小鬍子，在我耳邊低語：

那一夜，聖喬治降臨⑦，
我帶著一身的榮耀，
耗盡所有辭藻，
只為投進龍的懷抱。

我在黑暗之中朝他微笑，接著便等待時間過去。我不想睡著，睡了的話，就顯得過於放鬆、過於信任對方了。可以肯定的是，再怎麼百般不願，我都已經受傷了。不管再怎麼否認，當那個人逗樂你時，你的心就已經被綁架了。

⑦ 聖喬治爲基督教聖人，經常以屠龍者的形象出現。

4

最後，我搭上了凌晨六點零六分的 IVON 列車。除了清潔工換了一批以外，其餘乘客大致和幾個小時前在夏特雷站上車的類型差不多。

所有人都呈現半昏迷狀態。

我把額頭靠在冰冷的窗上，嘴裡咬著想像出來的口香糖，避免喉嚨緊縮窒息。

我很想哭，但我努力抓住一些愚蠢的小事擋住淚水，同時也抵抗著疲憊、寒冷、黑夜……我反覆對自己喊話：你只是沒睡飽，等一下沖個舒服的澡就會好多了。我把音量調到最大，再一次把自己隔離。

耳機裡傳來愛黛兒的聲音。我喜歡她的嗓音。就跟我的一樣。總是像要嘶破喉嚨。想當然爾，眼淚沒有撐到歌曲結束。好吧，至少可以洗去臉上的妝。

操、插、搞、幹、弄、上床、嘿咻、打砲、炒飯……當我們知道彼此沒有愛，將來也不會有愛的時候，常用很多代詞來表示做愛。可是我啊——我從未對任何人提過，特別是薩米亞——每次……我都會動眞情。我的身體，嗯……我的身體就是我。身體就等於整個我。我就住在這個軀殼之中。

所以我每次都會留下幾根羽毛。

或者應該說留下一些鱗片。

毫無例外。

我啊，從來沒有背叛過任何人。

一次也沒有。

我總是與對方分享。

啊，到了……高樓、牆壁塗鴨、警察局、連帽上衣和唾沫。

我親愛的家。

走下 IVON 線列車後（剛才那個人，我連他的名字都不知道），我深吸了一口氣，快速往我的被褥前進。

我往手上吹了口氣，擠出笑容，鼓勵自己。

加油，我對自己說，沒問題的，加油……這次不一樣了，有人爲你寫了頌詩。

那可是首詩呢。

比之前更有格調了。

游擊戰

1

我帶著孩子搬進位於萬神殿後方的一間迷你公寓。

公寓位於五樓，沒有電梯、屋況簡陋、格局怪異、破舊不堪。屋主是我之前博士論文指導教授的姐姐，我們未曾謀面，而電話聯絡時，我也完全無法確切表明預計租賃的時間。暫時的解決方案、暫時的狀況、暫時的安排，她反覆說著這幾個字，我盡可能不讓她失望。當然了。當然。都是暫時的。我明白。

從書房的天窗看出去，可以看到「萬神」們的緊急逃生口。我對那扇小門情有獨鍾。我喜歡像這樣，在大仲馬、伏爾泰、雨果或居里夫婦的靈魂籠罩之下工作、睡覺、做飯、咬牙切齒、扶養我的孩子，重新開始。我知道這句話聽起來很荒謬，但我是認眞的。我相信這些人庇佑著我。我必須把一大部分屬於過去的生活塞進倉庫裡，而且我們也不被允許在一樓放信箱收信。這只是個小細節，但魔鬼通常藏在細節裡。如果他看到我的下場，應該會開心不已。雖然我把地址註冊在叔叔家，但在這個沒有信箱、破舊不堪的高樓層公寓中，唯一的依靠就是那些比我們還有活力的骨頭。這種情況下，我們實際上並不活在這裡。不在此地，也不在任何一方，我們——我、五歲的阿法爾和三歲半的愛麗絲——實際上並不存在。我們暗自把自己和世界隔離了。

孩子的爸是在去年的一場車禍中喪生的。他是個內斂、優雅、一絲不苟的人，所以我才對他撞上位於菲尼斯泰爾省一條荒野小徑旁的髑髏地十字架的事難以釋懷。不過他的死亡爲我們留了後路，除了兩個失怙的孩子和一輛慘不忍睹的捷豹汽車外，保險公司理賠的「死亡保險金」至少夠我們用上幾年。確切是幾年，我也不知道。

他比我年長許多，在得知自己生病後，由於不想成爲我們的負擔，他一再要求我另尋年輕健康的情人。他認爲這麼做是爲我自己、爲孩子，也爲了讓他的靈魂得以安息。**親愛的，讓我得到安寧……你知道我是個自私的人……**我盡可能以親吻、抗議、裝傻、虛張聲勢等方法堵住他的嘴，有時也有淚水和笑聲，但他總能哄騙我。

我氣他。很長一段時間裡，他的行爲反而把負擔日復一日地強加在我們身上。我沒有讓孩子參加他的葬禮，當然也沒有邀請他的父母。我一個人陪著他到拉樹茲神父墓園的火葬場，再把溫熱的骨灰壇藏在毛衣下搭著地鐵回家。當天晚上，我和羅倫佐·W（他的合夥人）一起喝個爛醉，然後乞求他上我。我當時很脆弱，就跟所有年輕的寡婦一樣。我把頭埋在十字架下過了好幾個月，最後決定搬家。這間小公寓拯救了我們。

沒有傢俱，沒有回憶，沒有鄰居，沒有肉販，沒有麵包店，沒有雜誌攤，沒有咖啡店的服務員，沒有賣酒的或洗衣店的員工，這些都是認識他、並且喜愛他那平易近人的個性的人。沒有天眞卻傷人的同學，沒有充滿惻隱之心、卻因爲太過親切而顯得過於肉麻的老師，沒有人會認出我們，沒有慣常的行事，沒有信箱，沒有門鈴，沒有電梯，沒有安全網，什麼都沒有：悲傷的情緒總算能夠放鬆。

我們的生活範圍限縮到和一張面紙一樣小，攤開後的四個角落分別是：樓下的小雜貨店、位於屈雅斯路上的幼稚園、盧森堡公園內的小徑，還有最後一個，但是很重要的——隱藏在聖斯德望教堂對面的 The Bombardier 酒吧。每天放學後，我們都迫不及待往廣場奔去，阿法爾和愛麗絲會喝著檸檬汽水，細數今天得到的乖寶寶點數、身上的瘀青、彈珠、寶可夢卡牌等等的，而他們的媽媽則在一旁恬靜卻堅定地買醉。

孩子們入睡後，我也常再回到 Bombardier 的室外座位上，手拿一品脫的啤酒，混入一群拉丁區的學生之中。但我從不與任何人攀談。

是的，我會這麼做。是的，我把孩子關在屋內，不管他們的死活。他們做噩夢了嗎？他們害怕嗎？因此驚醒了嗎？是否也曾呼喚我？

大概沒有。

這兩個孩子實在很乖巧……

十字架的計畫第一次進到愛人的腦袋裡時，他就開始喝酒了，我也經常陪著他喝。我一直都在他左右，而他離開後，我仍舊繼續獨飲。我有酗酒的問題，這一點我並不否認。唉，看吧，我還是沒有說實話。我沒有酗酒的問題，事實上，我就是個酒鬼。（眞可怕。我在這個用詞上反覆斟酌，或者應該說掙扎，一再自忖這個詞是否太極端，我是否仍然是剛才提到的那個心靈脆弱的寡婦。我甚至查了字典，關於酒鬼這個詞，字典的說法是：飲酒過量的人。）好的。我是個飲酒過量的人。我不想在這個問題上糾結，懂我的人自然就懂，不需要解釋大腦能爲手肘服務是多麼厲害的事，而那些不懂的人怎麼樣都不會明白的。總有一天你會發現，酒精（和所有酒精引發的想法，鬥毆、抵抗、爭論、讓步、否認、取得優勢、爭鬥、談判、趾高氣昂、屈服、內疚、前進、後退、失足、跌落、失敗）佔據了你一天大部分的時間。不對。應該說成爲你每天唯一的活動。曾經一次或多次戒菸卻未果的人，應該都會對這種和自我之間關係的虛無感到可悲。兩者的差異（多麼大的差異啊）只在於，抽菸在世人眼中從來不是一件羞恥的事。好了。這個話題到此爲止。

我叫醒孩子，穿上衣服，在吐司上塗奶油，煮熱巧克力牛奶，送他們去上學，在索弗洛路上喝杯咖啡，順便翻翻報紙，再去買幾樣東西，整理我們的小公寓，準備孩子的午餐，回屈雅斯路接孩子，餵飽他們，再把阿法爾送回學校，回程的路上我會加緊腳步以免愛麗絲在推車內睡著，到家後，我把愛麗絲送上床，自己讀點偵探小說（這些書是我從二手書店 Gibert 或 Boulinier 外的箱子裡或河畔的舊書攤上用五十分或一塊錢買來的），喚醒女兒，一起到校門口接哥哥（充過電的小女孩咿咿呀呀的絮語、總算獲得自由的男孩露出的笑容，這兩者構成一天中最美好的時刻），去盧森堡公園放風，看著他們遊戲，幫他們盥洗，煮晚餐，幫他們唸故事，親吻他們，然後蓋上被子。

這段時間內，酒精從未放棄對我的威脅。

從來沒有。而且根據不同情況，例如我的月事來潮並抽乾我的精力，或者我的愛人在無預警的情況下來到我耳邊低語，這種威脅會有輕重之差。當他只是來確認一切安好時，我就很好；但當他壓在我的腹部之上，當他在夜裡來要求我讓出一點床位、一點生命、一點我們時，我就會哭著醒來，到Bombardier那裡給自己轟炸一下。

我說過的，我們的生活範圍小得跟一張面紙一樣。

直到那天早晨，我注意到妳。

2

我注意到妳，因爲妳美麗的臉龐。

當時，我站在吧台邊，試著從過於短促的飲酒夜中清醒。我將手肘抵在台面上，讀著當天的報紙，也隨意聽聽糖罐旁的鄰座客人對話。然後，我從吧台的鏡子裡看到了妳。妳總是坐在同一個位子，置身咖啡廳深處。

我欣賞妳的氣質、妳的儀態、妳的優雅、妳的雙手；我喜愛妳的愉悅、妳的微笑、妳那身在此地卻活在他方的模樣，彷彿才剛離開心上人的懷抱，或是即將投入其中。妳很性感，看上去很聰明。妳近乎完美，卻總有一處脫序，竄出的髮絲、歪斜的衣領、衣服上的摺痕、過大的手環或手錶、磨損的肩包、沒繫好的皮帶、唇邊裂縫、黑眼圈……這些小細節讓妳散發……我想說「難以抗拒的」魅力，但這麼說太老掉牙了。無法抹滅的。

對，無法抹滅的魅力。自從巴黎這座城市誕生以來，人們就對巴黎女人存在眾多幻想，對她們品頭論足。而我看著妳時，這個想法跑進我的腦袋裡：是的，就是這樣，她是個標準的巴黎女人。

那面鏡子映照出妳的美，同時也讓我看到自己的可悲。一發現這件事後，我立刻低頭攪拌咖啡。我看上去一無是處，面如死灰、骨瘦如柴，近兩個月來都交替穿著同樣的兩件牛仔褲、前夫遺留的襯衫、前夫遺留的喀什米爾毛衣、前夫遺留的絲巾、前夫遺留的圍巾，還有他的外套。為了省去整理的心思，我把頭髮剪得很短。我不再化妝、不噴香水，不再奔跑，但卻堅決不換下腳上的運動鞋。我有顆蛀牙，也許有兩顆，但並沒有看牙醫的打算。我喝很多，身體裡卻缺水，雙手粗糙、皮膚發皺，身體內的每個部位都散發著惡臭。

後來妳向我坦白，說妳也一直在觀察我，並且羨慕我的優雅與自在。開什麼玩笑。

妳注意到我破舊的牛仔褲口袋邊上露出的棉線、拉成了手套的柔軟針織外套袖子，還有作爲掩護的高級毛呢和其他材質的布料。妳覺得這些細節很別緻，妳是這麼說的，別緻……

妳總是點一杯拿鐵和一份麵包，用小湯匙刮去多餘的奶油。大部份的時間，妳都在傳簡訊。妳低頭看著螢幕，臉上掛著笑容，不難猜到正在談戀愛，而且妳每天的第一件事就是和那個能讓妳開心的男人（或女人）聊天。有時，妳的笑容看起來較爲濕潤，酒窩也顯得淘氣。該怎麼形容傳調情簡訊時露出笑容的模樣呢？可以說那個人用「愛愛簡訊」開啓新的一天嗎？是啊，妳每天早上大口咬下泡過拿鐵的新鮮法棍麵包時，都會爲妳的愛人更新妳的近況。這件事無庸置疑。

有幾次，妳的電話躺在手提包裡或咖啡杯旁，靜默無聲。每逢這種時候，儘管妳依然美麗動人，卻顯得迷惘，彷彿失去了方向。妳會抬頭環顧四周，我想我們當時給了對方會心的一笑。稱不上友好，只是出於禮貌對同一艘破船上的人有點表示而已。人們經常把巴黎人的刻薄掛在嘴邊，卻對他們彼此間惺惺相惜的情感隻字不提。我們是這樣熱絡起來的。然而，如果不是因為阿法爾的老師突然生病，如果我沒有在某個早晨帶著兩個小拖油瓶回到索邦咖啡館，也許我們永遠不會搭上話。

我們走到妳旁邊的座位坐下——我承認，我是故意的——還沒坐定，妳的雙眼已經幾乎望穿我女兒了。這個世界尚未讓愛麗絲意識到自己並不是一個眞正的公主，面對妳渴望的眼神，她立即施展魅力回應。她向妳介紹自己的陪睡娃娃，接著又介紹了哥哥的，然後是她的紋身貼紙，還有哥哥的，她的彈珠和哥哥的。她肥嫩的雙腿時不時交叉又放開，一次又一次調整作爲皇冠的亮片髮夾。我看見妳爲之融化。

應該有人以這個主題寫點東西才對：小丫頭的優雅。

那天孩子們佔據了妳的注意力，我們沒有機會多聊。我聽到阿法爾問了妳的名字，是瑪蒂達。我沒有多說什麼。我沒有說話，因爲我睡眠不足；我沒有說話，因爲待會得帶著拖油瓶去補糧，而這件事讓我心煩（看吧，這就是酒鬼滿腦子想的事：妳過去幾週內都夢想著親近那個女人，多虧兩個孩子的存在爲妳帶來一線光明，實現了這個夢。他們不只有靈性，還很有品味地成爲妳的孩子，你們四個才能在這座夢幻城市的咖啡店裡一起享用貴得離譜的早餐。而妳，妳只想到一件事，更糟的是，妳爲了這件事困擾：去樓下那間爛雜貨店買東西時，要把 Johnnie Walker 的酒瓶塞在破爛的塑膠提籃裡的哪個商品下？要考慮的是體積和容量，例如早餐穀片的盒子。）我沒有說話，因爲沒什麼好說的；我沒有說話，因爲腦子裡的聲音過於嘈雜；我沒有說話，因爲我失去了和別人說話的能力；我沒有說話，因爲我迷失了自己。

接下來的幾天，妳都沒有出現在索邦咖啡館。接著，學校就放假了，應該是二月份的寒假。在我總算不再習慣性地尋找妳的身影時，妳又貼回了我的身邊。妳向我打了招呼，點了一杯美式咖啡後，我們沒有再說話。妳看見我側過身，試圖從口袋深處掏出幾個硬幣，便把手放到我的前臂上，對我說：「不用找了，我請妳。」那一刻，當我轉身向妳道謝時，我才看到妳憔悴的臉。我回握住妳的手，妳卻哭了起來。對不起，妳笑著道歉，又接著說了幾次，爲此感到難爲情，對不起，對不起。我沒有把手抽回，只收回了我的視線。

我不確定這樣的動作持續了多久，妳把悲傷交給我，而我又在那之上疊了自己的。最後，妳低聲說：「您的孩子……他們眞是可愛。」這句話讓我瞬間潰堤。

咖啡廳老闆見狀，前來好言相勸。女士們，現在是什麼情況？啥？妳們看起來挺自在的？但會嚇跑其他客人啊！我可以給妳們來點什麼，安撫一下情緒？一小杯蘋果白蘭地，如何？

樂意之至。

我們一口乾了它。妳被酒嗆醒，我恢復正常呼吸，在血管裡幾毫升氦氣的作用下，我似乎被解放了，大膽邀請妳當晚到家裡用餐。

妳露出笑容。我向妳要了筆，把小窩地址抄在杯墊背面，當然還有對講機名稱，一個不屬於我的名字。

3

妳帶著滿滿的東西進門：花朵、蛋糕、香檳和給孩子的禮物……孩子們開心極了。

他們的開心，其實來自於妳的來訪，而不是那些禮物。這是第一次有外人受邀進到我們的世界，第一次有人爬到這裡看我們，就像生命再次造訪。

妳並不知道這層意義，以爲是妳帶來的洋娃娃、弓箭、貼紙、神奇奶瓶和彩色鉛筆讓他們陷入瘋狂。但妳別忘了，在這些好意被拆封後，他們唯一的樂趣就是牽著妳的手，爲妳介紹他們的房間、玩具、他們的世界、對他們而言還很新鮮的上下舖階梯、班上同學的合照、爸爸的相片、多比——以前保姆的狗——的相片和散亂一地的所有寶物。妳帶來的快樂不是什麼貴重的東西，做得眞好……

看到妳的感動、妳的好奇、妳的細心，看妳傾聽他們的每一句話，並記住所有玩偶、洋娃娃、同學，甚至是胖可丁、胖丁、呆呆獸、可達鴨和其他一個比一個更異想天開的寶可夢名字，我當下就明白了，妳渴望孩子的心和我對酒精的渴望是相同的。

我們一起看著孩子吃完晚餐，愛麗絲堅持要妳幫她穿上睡衣、解開辮子、仔細刷每一顆牙。妳一一照做，嘴裡的讚嘆也沒停下來過，柔順的髮絲、可愛的髮捲、金黃的色澤、宜人的香味……睡前故事也是妳唸的，一本又一本，接著還有第三本，直到我出面，把妳從孩子和困境中拯救出來。

就在我們聊著天、享受美味的燉飯和妳帶來的香檳時，妳提及覺得我很「別緻」的事。我翻了白眼，幾乎要頂到天花板，或者該說頂到屋樑。而後，我們又移到客廳，也就是兩公尺外繼續聊。

（我必須在這裡加個括號，以便好好介紹這個客廳，我認爲這件事很重要。是的，我想接下來的故事和這張沙發的才能有很大的關聯。沒有沙發，我們就不會在那晚成爲朋友。也許會在之後的某一天，大概會在之後的某一天，肯定會在之後的某一天，但絕不會是那一晚。因爲我了解自己：我愛上一個人就是一輩子，但我絕不輕易說愛。更不用說在這種保護機制完全啓動的時刻了。不該讓任何外物滲透到密閉的自我之中。即使是愛情也不能放行。特別是愛情。哦，絕對不行。我是一塊無法吸水的海綿。

（我們住在一間附傢俱的租屋中，言下之意就是處於意志消沉的狀態，房子裡充滿了過重的盤子、過輕的刀叉、過軟的床、過假的窗簾、過蠢的裝飾（的確有這種東西，孩子們都記得，壁爐上擺著一個食人魚標本）、過高的椅子和過醜的沙發。後來，我逐漸汰換了這些東西（在百貨公司裡閒逛不會以酒精作結），唯獨床和沙發，我當時不夠堅強到足以處理它們。這兩樣東西都得請人運送到府，代表著要預訂一個日期，也就是爲今天之後的事做打算，不，我做不到。然而，一個星期前，我們三個人到聖皮耶市場挑選製作學校嘉年華服裝的布料。執行未來的計畫，敬謝不敏，但替當下妝扮，爲它搽脂抹粉、否認它、製作一件衣服將它喬裝成另一個樣子欺騙自己，樂意之至。愛麗絲，可想而知，她想要一件公主禮服，因此我們在網紗、紗織布、雪紡布、緞紋布、點花細薄洋紗裡打滾好一陣子，而阿法爾，可想而知許願變身成一隻寶可夢。感謝他缺乏想像力，我們才能遇見歐塞路上一家藏了各式人造皮草的小店。水貂、狐狸、鼬、栗鼠、兔子、皮卡丘、吉娃娃，我們看得眼花撩亂，最後還得叫計程車護送我們和一大包裝滿毛茸茸衣物的塑膠袋回家。

（那天晚上，我就把沙發改造成了烏姆波波①。這絕妙的主意不是我想出來的，是阿法爾的功勞，或者應該說是克勞德．旁迪的，他才是創造出最

① 烏姆波波（Oum-Popotte）是法國繪本作家克勞德．旁迪（Claude Ponti）筆下的角色，和紙箱做成的父母住在一起，肚子圓滾滾的，非常可愛。旁迪的作品充滿各種天馬行空的想像和自創的詞彙，有點超現實的風格。

柔軟的安慰的人。他的書裡都有一個小英雄，儘管身處惡劣的環境——我不斷敘述自己如何在悲傷之中浮沉，卻沒有說出兩個孩子失去和善又幽默的爸爸（同時也是我前夫）的痛苦——卻總能找到一個溫軟的懷抱作爲避風港。我無法用言語形容這張新沙發對愛麗絲和阿法爾的意義，只有讀過旁迪的作品才能理解。它就像烏姆波波的肚子，或是噗噗（Oups）、阿雜（Foulbazar）或小泡芙（Petit Pouf）的父母②。對孩子來說，它不只是一張沙發，而是一隻能提供無限擁抱的溫柔野獸。每當他們從學校回來後，或是覺得被遺棄的時候，都會投入它的懷抱中。我也另外做了幾個大抱枕，讓他們在溫暖的擁抱中也能緊抱住什麼。塵蟎的問題當然非常困擾。這些毛絕對絕對不是處於康復期的我們最明智的選擇。）

回到剛才的話題，我們移動到客廳中，妳立即拋開腳上的平底鞋，蜷縮在我們最忠實的朋友柔軟的腹部。妳把兩隻腳縮在身體下方，用抱枕環繞住自己。

我坐在習慣的位置，換句話就，就是坐在地板上，看著被烏姆波波緊抱著的妳。妳露出平靜的笑容，看上去像個在學校度過漫長的一天後終於回到家的小女孩。

我們凝視對方。

我提議喝點花草茶（酒鬼從來不喝這種東西）（就是這樣才能分辨一個人是不是酒鬼），妳卻反問我有沒有烈酒（哦，好吧），沒有，但是，啊，對了，非常剛好，我好像還有一瓶威士忌。感謝老天。我倒了兩大杯酒（這是帶傢俱的租屋，我沒有更小的杯子）。我們手裡拿著菊花茶，再次放鬆了身體，妳倚著毛茸茸的大肚子，而我倚著牆。

② 這幾個都是旁迪繪本中的角色。

我們喝了酒。

孩子們都睡了，樓下跑趴的夜貓子傳來陣陣笑聲與呼喊，燭光搖曳，爵士電台的音樂流淌，我們互相對視。

除了會在冬日清晨巴黎的某個鋅製吧台前落淚外，我們對彼此一無所知。

我們望著對方、衡量對方、估測對方。

妳慢慢啜飲著，我也逼自己維持在跟妳一樣的節奏。這並不容易。已經快被擊倒的我緊握住酒杯，彷彿抓著拳擊場邊的繩索。妳向後仰，往肚子上放了一個抱枕，開口問道：

「他們的爸爸在哪裡？」

4

妳聽了我的故事。我又給自己倒了點酒。妳知道，雖然沒說出口，但我看得出來妳發現了，我喝酒的模樣像在吸吮母奶。現在，輪到妳了。妳的故事。

「妳呢？」我問道。

「我什麼？」

「妳爲什麼在這裡？」

閃躲。微笑。嘆氣。

「妳有多少時間？」

「一整晚，」我回答，「我有一整晚。」

5

妳低下頭，咕噥著：「呃……我，我……」

我看著妳，看得出來妳並不是在試著隱藏什麼，恰恰相反，妳是在腦中反覆抽絲剝繭，想找出一條足夠強韌的線頭來拉出所有的回憶。

我們有一整晚的時間，而且我早就習慣這樣的夜生活，手裡拿著一杯酒，自暴自棄。我有大把的時間。我看著妳，始終美麗，多麼希望我愛的那個人也在這裡，也能看到妳。多麼希望妳能認識他，希望你們能互相認識。他總爲眼神溫柔、帶點淘氣的美麗女子痴迷，就像妳。他當然會藉機溜開，但在那之前，一定會先逗我們笑。比起其他事，他最愛的就是讓聰明的女人笑。這是他的個人習慣，用這種方式讓我們看起來有點人性，同時感謝我們的存在與接納。他逗我們笑，並因此更愛我們。

對他的思念模糊了我的視線。也許是看見我消沉，妳有了縱身下水的勇氣。

「等一下，」她舉起一隻手，「別哭。我可以讓妳想點別的事。」來不及了，我的眼淚已經掉下來了。就像孩子們說的，我受夠了他不在的日子，眞的受夠了。

「妳念過住宿學校嗎？」妳問我。

「沒有。」

「我有。」

妳坐直了身子，放下手上的酒杯，拉起線頭。

6

「八年。國中一年級、二年級、二年級留級、三年級、四年級、高中一年級、二年級、三年級。八年，很長的一段時間。等於一部分的童年和整個青少年時期都在住宿學校。一整個青少年時期，我都過著數日子的生活。眞是好的開始啊，妳說是嗎？我出身軍人世家。陸軍。RHP，第一跳傘輕騎兵隊。我的祖先曾經參與過瓦勒密和塞凡堡戰爭，大舅打了凡登戰役，兩個祖父也都是一九四〇年亞耳丁戰役中的將領。③還能有更漂亮的祖譜嗎？Omnia si perdas famam served memento. 意思是『即使一敗塗地，仍有榮譽在心』，這是他們的訓言。從這句話就可以理解我的背景了，不是嗎？我叫瑪蒂達，我媽當時爲了這個名字可是抗戰許久。因爲聖婦瑪蒂達是個德國佬。④幸虧當時教區的神父給予祝福，否則我大概就會叫泰瑞莎或珀納黛了。我十歲的時候就被送到住宿學校。我很用功上進，跳了一級，所以在我十歲的時候，

上吧，上戰場了。我的兩個哥哥喬治和米榭爾……我家的人都叫這兩個名字，因爲他們是家族事業的守護者。聖喬治身著盔甲屠龍，而聖米榭爾則是自空中霹雷擊敗對手，然後，呃……我說到哪裡了？哦，對了，因爲這兩個哥哥都是念住宿學校，所以我也不例外。爸爸爲了安慰哭泣的我，直說：「他們又沒有死在那裡。」是哦，OK，這種話是要一個小士兵怎麼回答？事實上，他是這麼想的，一個軍人世家經常居無定所，而住宿學校相對來說穩定

③ 瓦勒密（Valmy）戰役爲1792年至1794年間的戰役之一，起因爲奧地利與普魯士簽訂《皮林尼茲宣言》（la déclaration de Pillnitz），要求法國爲大革命期間造成的混亂負責，法國對此表達不滿，於國民議會中投票宣戰；塞凡堡（Sébastopol）戰爭是1856年時俄羅斯企圖攻打鄂圖曼帝國，英、法兩國聯軍圍攻塞凡堡基地，制裁沙皇的行爲；而亞耳丁（Ardennes）戰役則是二次大戰期間對德戰役之一，此戰役之後，法國一分爲二，分別爲德國佔領區和南部的法國維琪政府。

④ 聖婦瑪蒂達（Saint Matilda）爲東法蘭克國王之妻，也是後來神聖羅馬帝國皇帝鄂圖一世的母親，是德意志人。瑪蒂達的母親爲此抗戰是因爲德國與法國在二戰時對戰，軍人之間有不共載天之仇。

多了。穩定，妳懂這個意思嗎？就是幫你找到完美的平衡。就是爲你的人生奠定基礎。就是畫好框架。你被塞進一個模型裡，在裡面成長，最後就能長成一樣的形狀，沒有一處越界，大小和口徑都恰好能放入砲管。換句話說，就是走入婚姻啦。物色一個前途光明的士兵，爲法國生產更多傘兵。好吧，我不想否認所有的人。我所處的世界和其他世界一樣，有爛人也有好人。對此，我欣然承認。我遇過很多好人，眞正的好人，眞誠、優雅。可是，那天我在廣播裡聽到哲學家伊莉莎白·德·豐特奈⑤辯論關於鬥牛的事。她對那些參與鬥牛的人的譴責給我留下了深刻的印象。我後來還特別找出那集的播客重聽，把她的話記下來。妳等一下，我馬上回來。」

妳起身拿出放在手提包裡的筆記本，坐回沙發上時，妳沒有再把腿縮起來。妳大聲唸出本子上的字：

「『貴族的崇高道德、軍人的榮耀、名譽……是哲學讓我脫離了這些概念。所以，我不能接受您的那套龐大的倫理辨明模式，我還是要重申，我認爲那套模式早已過時了。我的意思不是不能追求榮譽，我也會追求，但要瞭解的是，這種擁有男子氣概、這種所謂的勇敢和掌控的心態都已經過時了。它們之所以過時，就是因爲二十世紀的那些罪行。』伊莉莎白，感謝您。感謝這位仁慈的女士。這段話說出了我的心聲。我的童年都是在這種束縛中度過的。這種過時的價值觀。他們認爲把我送到住宿學校是爲了我好。我媽看著我離開，也沒有太多不捨，畢竟我下面還有四個孩子剛要斷奶，肚子裡也有一個在排隊，而她本來就已經夠忙了。她還說，她跟修女生活的那段時間有很美好的回憶，她交了一些一輩子的朋友，而且……總之，就是這樣，

⑤ 伊莉莎白・德・豐特奈（Élisabeth de Fontenay），法國哲學家，1934 年生，以法律和動物生存問題爲專業。

沒人在乎。對我來說，這樣的生活一點也不好。最初的幾年，我每個週末都會回家。後來他們搬到波城，我只有放長假的時候才回去。再後來，他們去了新喀里多尼亞，就只剩聖誕節了。可是，我想說的是，這一切都太晚了。傷痛已經造成，那時的我早已感覺不到痛了。我爲什麼要跟妳說這個？因爲……來，再倒一點魔藥，妳那罐……因爲住宿學校完全制約了我對流逝的時光的感受。或者應該說是對時間的感受。時間，我說的是當下的這個時間，是時鐘上在走的那個。那個時間是我的仇人。我恨它，覺得它無聊透頂，覺得它總是在逆行。我試著從這種煎熬中脫逃，可是……不，等等，我跳太快了。妳記得那首兒歌嗎？星期一早上，皇帝、皇后和王子來到我家，什麼什麼的，然後整首歌一直反覆到星期天……妳知道這首歌嗎？我受不了這種日復一日的例行公事，每次聽到這首歌，我都會變得歇斯底里。對我，還有對很多被送進住宿學校，卻未必想讀的人來說，每個星期應該都是這樣過的：星期一，你很難過，可是體內還留有一點從家裡帶來的溫情，靠著這點積蓄，還算過得去。接著馬上就是星期二了，你的呼吸沉重了一些，因爲……因爲想到這個星期才剛開始……星期三就開始腐爛了。對外面的人、一般平民來說，星期三是個好日子，只上半天課，接著就是動畫、活動、跳舞、騎馬、女朋友、音樂或是有的沒的。星期三眞有格調。星期三是個好日子。而且是中場休息時間。可是在住宿學校裡，每個星期三下午都散發著腐爛味。空氣裡有潮溼的味道，還有臭襪子味。我們過的是群體生活，而我正好厭惡群居。每個星期三，我們都一起做所有的事，包括無聊。特別是一起無聊，這件事最讓人憂鬱，逼人意志消沉。有個軍人的笑話是這麼說的：『軍營裡的生活就是無所事事，但我們一早起床就會開始這麼做，而且是全體一起。』沒錯，就是這樣。每到週三或週末，被遺忘的我們什麼都不做，更可怕的是，我們可以從同學的眼裡看到這種窮極無聊讓你變得頹廢、認命、不知好歹……我們在那裡，卻一無是處。生活也是，毫無意義。這裡沒有生活，它在另一個地方進行。時尚、音樂、愛情故事、曖昧、某個女生要我告訴你有人想跟她約會、傻笑、親吻、背叛、逛街、滑冰、回憶……這一切都不屬於我們。首先，這些事違背你父母的信仰，再者，他們覺得把你關在牢房裡就什麼都搞定了。當然，如果你想找點樂子，還是有一些慈善事業可以做，夠你忙上一陣子。你可以唱歌給老人聽、可以跟修女一起幫祈禱椅上蠟、可以去鼓勵病患，或是，還有另一個更好的選擇，更好玩的，就是去慰勉瀕死的老修女。做了這件事，你就穩當了。在那些老修女的跳房子遊戲裡，你即將成爲贏家。聖誕節時，她們會給你一大包驚喜。只要再加上難以消化的冗長彌撒和巧克力牛奶，就可以湊成一個完整的降臨日曆了。好的，我說到哪裡了？」

「星期三。」

「哦對，謝謝。星期三就像囚犯削馬鈴薯皮。星期四，最糟的就是星期四。一個星期中最長的一天。星期四，如果你沒有一本好書可以在宵禁時間後閱讀，你大概可以直接上吊。你可以去領聖體。星期五，情況似乎有點好轉。下課時間，你會站在一個地方，紋絲不動地凝視著遠方的小鳥，期待在那裡看到一點綠地。星期五，你似乎可以看到陸地了。星期六早晨，你……嘿！我看到妳的笑容了！太棒了！我喜歡看到妳笑。眞開心。」

「星期六怎樣？」

我笑了。這可是件新鮮事。感覺很不錯。我好久沒有這樣笑了。笑著笑著我哭了。這是幫助你哭泣的笑容。眼睛裡流下來的，不是之前或是那天早上在咖啡廳裡的小淚滴，而是紮紮實實的、圓滾溫熱的大淚珠。我的身體卸下了警戒。堅強的心志總算讓步，悲傷也隨之消融。過去的一年兩個月又五天以來，我從沒在任何人面前哭過。因爲我的愛人獨自一人結束了自己的生命，我不允許自己在他人面前哭泣。我從未在任何人面前崩潰，一次也沒有。但我其實不明白爲什麼。也許是基於對他的忠誠，爲了支持他的決定，也爲了支持我自己。也許爲了自我催眠，告訴自己我都明白並且原諒他的決定。

只有在沒有人看到的時候，我才能詛咒他、斥責他。在那些時刻，我可以這麼做。當我喝醉了酒獨自面對他時，我會狠狠地教訓他。可是今晚和妳一起……聽妳說那些荒唐的、不可思議的、前所未聞的事，對我這種父母都是自由派知識份子，既溫柔又崇尚和平的人來說……是的，對我來說彷彿來自另一個世界……我允許自己在妳眼前落淚，沒有什麼好擔心的。我們生活在不同的世界，喝的奶水不同，受的教育不同，但我們卻同樣地憤世嫉俗。同樣謹慎。同樣柔軟。而且妳不認識他，而且……而且我哭了。我傾盡了淚水。放下重擔。如釋重負。我可以這麼做。

感覺眞好。

「嘿，」妳發出了抗議，「這只是開場白而已。後來的事才是眞的悲傷。留一點淚水，如果妳等一下的反應不夠誠懇，我會失望的。」

「OK，」我用袖子拭去鼻涕，「OK。所以……星期六怎麼樣？」

「我寧願……可惡，不是每個人都那麼幸運可以當寡婦！星期六早上，你會扛著裝滿髒衣服的大袋子，回到吵雜、熱鬧可是卻對你冷漠如水的家裡。並不是因爲沒有人愛你……噢，不小心就說了這種愛不愛的話。不是因爲沒有人歡迎你，而是像星期三一樣，生活在沒有你的他方繼續進行。生活沒有等你。所以當你出現在它的跟前時，它就不知所措了。不，他們沒有忘記你，只是某個人，也許是姪子、表妹或是某個上校夫人趁你不在借用了你的床，卻沒有人覺得有必要換掉床單。有時，他們會把紙箱堆在你的房間裡，書桌上也會出現一台縫紉機。那個人會搬走機器的，只是最近沒空。所以你還是自己搬了，搬到哥哥的房裡暫放。好吧，這些事其實也沒有很糟，只是非常糟而已，只是你在這塊土地上再也沒有任何的隱私可言。還沒結束呢，星期六下午，你必須幫忙照顧一個妹妹或兩個弟弟，雖然他們沒有這麼說，但最後你就是會變成保姆。星期六晚上通常過得不錯。大家族的驕傲不外乎這些事：大桌旁坐滿家族成員、溫情滿室、笑聲滿堂、彼此爭論、相聚一刻，還有蛋糕和無限加長的延伸桌。塞得下十人就會有十二人，塞得下十二人，就會有二十人。是的，餐桌上有二十人是個很可信的平均值。鄰居、表親、朋友、家人、童子軍、女童軍領隊、哥哥的朋友、紅貝雷、綠貝雷⑥、神學院學生、老處女、窮人、虔誠的信徒、獨自過活的人、痲瘋病患、三姑六婆，都在我家用餐，無論是星期六或星期天，都是重要節日。和住宿學校一個樣，差別在於你穿的不是海軍藍的制服、飯菜好吃一點、人們說話大聲一點而已。無奈……餐桌才剛清空，星期天就來了。星期天上午是彌撒，一到下午，你又開始準備行囊，同時想著那些你沒有複習的功課，想著要在火車上惡補。接著又是新的一週了。千篇一律。八年來都是如此。我的青春就是這個模樣。然後，當那個家不再是我的依歸後，我開始擴大交際圈，同時也失去了更多隱私。我會去祖父母家、叔叔阿姨家，或是睡在朋友的朋友家。整整八年間，我都在數日子，在好幾張床之間度過。整整八年間，我都在期待一個更穩定、更溫暖的生活……對，溫暖一點。自私一點，只爲我自己而活。一個我可以雙手交叉胸前，大聲說『我就是這樣，這是我的地盤，不要進來』的生活。如果我接受你進到我的生活，請按照我的遊戲規則走，絕對不要問今天星期幾。妳懂我的意思嗎？懂我在說什麼嗎？妳知道我說這些不是爲了抱怨吧？我告訴妳這件事，是爲了讓妳了解我的生活有多可悲。」

我們陷入沉默。

「妳覺得我很煩嗎？」妳有點擔心。

「沒有。完全不會。」

「那拜託拉我一把。其實我不是很確定要不要繼續說下去。」

「妳是想說下去還是不想？」

⑥ 貝雷帽的顏色用來區分軍種或部隊的差異，紅貝雷是第一傘兵部隊，綠貝雷則是第二外籍傘兵部隊。

又是一陣沉默。

「想。我也想抽菸。妳有沒有什麼小東西可以吃？」

「妳可以抽菸。」

「不。我正在戒菸。妳沒有帶殼核桃嗎？或是杏仁？或者葵花籽，任何一種長形的、很難撬開的東西？」

「呃……沒有。我有早餐麥片，妳要嗎？蜂蜜球或可可玉米片。」

「太好了，來點可可玉米片吧。」

「不用加牛奶哦！」客廳裡傳來妳的吩咐的時候，我正在小廚房裡想著再拿出另一瓶酒會不會太過份。

最後我沒敢這麼做。

好吧。兩碗可可玉米片不加牛奶。專爲萬神殿的傷兵準備的乾糧。獻給偉大的女士，精神病學感念妳們的付出。⑦

我回到妳面前坐了下來，兩人靜靜地咀嚼，直到我決定拉妳一把。

「說吧。告訴我妳爲什麼不快樂？」

⑦ 這段文字改自萬神殿門楣上的題詞「獻給偉人，國家感念你們。（Aux grands hommes, la Patrie reconnaissante.）」

7

「好的，好的……我爲什麼不快樂呢？這個嘛……」

由於等不到續集，我去燒了一壺熱水，把花草茶放在烏姆波波的熊掌下。

「謝謝。」

因爲妳看起來似乎有眾多不快樂的理由，多到妳不知道從何說起，我只好爲妳抽出一條線。

「妳吃早餐的時候會一直傳簡訊，對吧？」

「妳說對了。」妳露出微笑，「就是這件事。」

「妳在談戀愛嗎？」

「對。不對。對。妳爲什麼笑？」

「因爲這個開頭不錯！」

「我說……呃……妳家裡有菸嗎？」

「有。我不抽菸，但我有。我搬進來的時候，那些菸就在這裡了。不知道還能不能抽。」

「沒關係。給我吧。」

我把那包擺在食人魚下方、乾燥老舊的萬寶路遞給妳。

「太棒了，謝謝。」

「那，剩下的威士忌可以給我嗎？我要倒在花草茶裡。」

「請，不要客氣。像在自己家一樣。」

「謝謝。」

「呼……」妳吐出一縷細長的、走味的尼古丁，發出解脫的長嘆，而我則把一杯熱飲換成了烈酒。看吧，當妳願意往前時，生命就會有出路。

於是我笑出聲來。那一刻，我知道妳會是我的朋友。因爲微笑是一回事，但笑出聲音來……笑出聲音來完全出乎我的意料，就我現在這個生命階段裡會發生的事情來說。完全出乎我的意料。

「聽我說……我不快樂是因爲我很懦弱；我很懦弱，因爲……因爲……我不知道除了『蠢』以外，我還可以用什麼詞來形容我的青春，形容這些年……在部隊裡、軍營裡和他媽的崗位站哨的日子。多年來，我過著空洞的生活，不只是爬不出來，反而一直往深處裡鑽。而且，我跟妳說，現在的我又更糟了，我活在深淵的最深處。我卑微地、空虛地過著可恥的生活……沒錯，就是這個詞，可恥的。我找到可以形容自己的詞了：可恥的。他媽的，看清現實眞是件恐怖的事……我完全失敗了，甚至失去了自尊。我到底是怎麼辦到的……」

靜默。

「只有妳自己知道。」

又是一陣靜默。

「我也不知道，我是個品質不良的士兵吧。」

「那個人結婚了嗎？」

「噢，妳看，」妳做了個鬼臉，「既沒尊嚴又平庸。平庸、司空見慣、下流。大滿貫。慘不忍睹。聖喬喬和聖米米一定覺得召募了一個無用的小兵。我全招了：他已婚沒錯。還有什麼好說的嗎？沒有了。妳家有撲克牌或其他桌遊嗎？這樣我們就可以用比較舒服的方式來結束這個可愛的夜晚。《大富翁》或《我愛發薪日》之類的？」

「我有UNO。」

「噢，不是吧。那太難了，我從來沒贏過。」

微笑。

「妳知道嗎？」我接了話，「我覺得妳很美。不對，不是我覺得，是妳很美。妳看起來一點也不像個可恥的女人。每次在早上看到妳跟他聊天的時候，妳看起來就是個被愛的女人，騙不了人的。」

「謝謝妳。妳眞好。妳說的對，我也這麼認爲。至少我是這麼想的。但這才是最糟的地方。我失去了自尊，卻擁有愛。那是種……那種愛……一絲絲的愛。殘留的愛。變形的、模糊的、偷偷摸摸的簡訊。以前，我總是迫不及待週末到來，可是現在卻相反。現在的我害怕週末。甚至是厭惡週末。就像一種幻滅，一種小小的死亡。我每五天就會死而復生一次。一而再再而三，讓我精疲力盡。更重要的是，毫無意義可言。我剛才說了，我在最消極的那端過生活。以前，星期五下午是我重新開始呼吸的時間，但現在我從星期四晚上就開始逐漸消失。我會睡一整個週末，好讓它過得快一些。很殘忍吧？沒錯。很殘忍。很卑鄙。我聽得到上帝在嘲笑我：妳以前對修女的態度不好是嗎？妳沒有爲死者拿起念珠祈禱？沒有吃完添加大量大豆卵磷脂的巧克力？好的，接受妳的懲罰吧。贖罪吧。哭吧。每一個上帝賜予的日子都在淚水中度過，餘生都在會客室裡度過吧，我的女兒。願妳記取教訓。

「跟我交往的不是一個男人，而是我的手機。我整天都繞著這個小塑膠盒活動。它就像個任性、殘暴的阿拉丁神燈。我的心情取決於是否要摩擦它來滿足我的願望，或者尊重它，讓它離我而去。那是個中國製的神燈，裡面住著強大的精靈。哦，不，裡面住的是壞精靈，一個一無是處的精靈，他就像個準時打卡上下班的公務員，甚至連眞實的身份也沒有。我想說『我愛你』時，說話的人不是我，而是……我也不知道這段時間我的僞裝身份是什麼名字……反正經常會變……而且『我愛你』三個字還不是這麼寫的，我們有一套密語。我愛你是『確認收件』，我想你是『等待補件』，我想要你是『急件待取』。很可悲吧？眞的很可悲。我不是在談戀愛，是在做文件分類的工作。讀了那麼多年書還眞是有用……」

「妳是念什麼專業的？」

「都市計畫。巴黎高等專業學院，成績優秀，可是有什麼用？用來把我的眞心放在一個無法和他一起建立任何東西的男人身上。嘿，妳也同意我是個傻子吧……」

「妳怎麼這麼篤定？也許他會……不知道，也許他會改變。」

「不會的，妳認識任何會爲了情婦跟老婆離婚的男人嗎？家裡還有年幼的孩子？有貸款？有一輛奧迪？一隻狗？一隻迷你兔？他的罪惡感呢？還有一棟位於濱海拉特里尼泰高級區的房子？不可能的，當然不會。我可能很傻，但頭腦很清楚。再說，他沒有給我任何承諾。就這點來說，我一點也不怪他。其實，沒什麼好責備的，我認識他的時候，他已經結婚了，但我還是自願栽進去。他沒有給過任何承諾，也從不糊弄我。是個老實的男人。可是他會改變現況嗎？不，我不相信他會。我不再相信任何事。只有女人會冒險做這種事，男人是不可能的。爲什麼呢？我也不知道。也許女人天生比較有想像力……也可能因爲女人是比較大膽的玩家……或者生命對她們比較仁慈……這種以偏概全的話很有可能是錯的，可是我環顧四周，看到的就是這樣。我們看待生命的方式不一樣，或者應該說看待死亡的方式。女人比較不怕死。是因爲生命是女人給的嗎？我知道這些話聽起來是陳腔爛調，可是我找不到更好的解釋了。無論她們做什麼，無論她們怎麼決定，無論她們如何破壞或糟蹋，我覺得生命永遠與女人同在。就像家裡的大寵物永遠都會待在餵養牠的那雙手旁邊，就算那雙手再怎麼暴力、再怎麼粗魯，牠都在。妳知道的，就像皇帝身邊的老兵，像拿破崙的老將領，即使是在深冬，仍一路追隨他的瘋狂，從未懷疑過他的指令。《伯更涅中士回憶錄》⑧，妳讀過嗎？我的教父在我十五歲生日時送了這本書給我。它很棒……這麼說也許對那些人不敬，可是事實就是如此。我的情人不太……我本來想說『勇敢』，可是也不太準確，他有自己勇敢的方式。應該說，他沒有比一般人大膽，因為他不想……不想違抗生命，不想背道而馳，不想得罪它。他要的是擁有特權，然後在某個夜裡張大了嘴死去。真正扭曲的是，我都這個年紀了如果還繼續和他攪和，可能就永遠都沒辦法有自己的孩子了。很可惜吧？雖然我很常否

⑧《伯更涅中士回憶錄》（Mémoires du sergent Bourgogne），一本以拿破崙皇家侍衛隊中士伯更涅的手稿為基礎寫成的回憶錄，回憶跟隨拿破崙長征俄羅斯的故事。

認，可是事實上我是想要的。沒錯，我想要孩子。有時我有辦法不去想這件事，可是上個月在咖啡廳裡看到妳的孩子後，我覺得天旋地轉。不知道妳有沒有注意到，可是接下來的幾天我都沒有再去咖啡廳。因爲我不想再看到你們，也不想看到妳，我太嫉妒了。就是這個字：嫉妒。可是如果我還想看到每天早晨的太陽，這種情緒是我承擔不起的。妳看，我不快樂的原因就是我做的每一件事都會讓我想到那段青春時光，想到我的無能爲力和……」

妳停了下來，抬起頭盯著我問：

「妳還要聽嗎？」

「要，請繼續說。」

「我覺得自己有點過份，覺得我在利用妳。我坐在妳的沙發上，把一肚子大便倒在妳的頭上。」

「妳覺得妳是坐在沙發上嗎？」

「……」

「嘿，瑪蒂達……妳看得出來這東西不是沙發吧。這是烏姆波波的肚子。」

「妳說什麼？」

「烏姆波波啊，隱形狗的好朋友。孩子們改天會介紹給妳認識的，等著吧……」

微笑。

「而且，妳沒有在倒什麼東西，妳是在講一個故事。妳是在抒解心情，在解開心結。這樣說好多了。」

「謝謝。」

「不客氣。妳知道的，聽妳說這些，我會覺得好過一點。這麼多個月以來，這是我第一次跟別人一起共度夜晚，妳無法想像我有多麼需要這些。繼續說吧。再說一點，就跟小孩常要求的一樣，再說一點。」

「我不知道應該說什麼了。」

「你們認識多久了？」

「快四年了。」

「妳不認爲情況會……變好？」

「妳要幫我做掉他老婆嗎？」

「沒有，」我笑著說，「沒有。以前我對這件事沒有太多想法，但現在我是反對死亡的。我也是現在才發現，死亡是很消極的方法，而且毫無意義。眞的毫無意義。可是……」

「可是什麼？」

「別再談他了，談談妳吧。他是什麼樣的人不關我的事。我不喜歡他，我看不起他。我不想聽妳說他的事。我對他一點興趣也沒有。下流的不是你們的情況，而是他。我討厭騙子，討厭那些讓女人難過的人，討厭出軌的男人。注意哦，我說的不是上床。性行爲又是另一件事了。我支持身體需要解放，不應該放任它沮喪，可是現在我們談的是另一件事。四年，四年可以說是認真的關係了。『關係』，這個詞我覺得很嚇人。就像『情婦』，我覺得這個詞也很難聽。妳剛才說生命對女人比較忠誠。生命也許是，但社會就不是了。社會這婊子，對每一件事都有個影射。而且已經持續了幾個世紀。我們有莒哈絲的《情人》，裡頭帥氣的中國人做起愛來就像上帝⑨；也有貝爾貝・多爾維利筆下的老情婦，一個總是在折磨你的老女人⑩。嘿。很優秀嘛！感謝龍沙，自己吞掉你的玫瑰去⑪。情人，聽起來多美麗，是個迷人的詞。

⑨《情人》（L'Amant）是莒哈絲（Marguerite Duras）在 1984 年出版的自傳性小說，描述一個貧窮的法國女孩與中國富商之子不被允許的愛情故事。

⑩《老情婦》（Une vieille maîtresse）是多爾維利（Jules Barbey d'Aurevilly）於 1851 年出版的小說，內容寫了一名即將成婚的男人長期與交際花糾纏的熾熱情愛。這部小說後來改編成電影《情欲二重奏》。

⑪指的是法國詩人皮埃爾・德・龍沙（Pierre de Ronsard）曾寫過的一首詩《可愛的人兒，我們去看玫瑰》，內容寫著女人如花，總有凋萎老去的一天。

情人，我美麗的情人，我的聖約翰情人⑫。情人，多麼性感的詞啊，相較之下，情婦就……情婦，光是聽到這兩個字就覺得厭煩，聞起來有樟腦丸的味道。情婦，感覺有賞味期，很快就會走味了。非常不公平……不，問題不在於他，而是在妳。妳爲什麼接受這種事？爲什麼支持這種行爲？爲什麼要有『開場白』？這是妳剛才用的詞，是要用來表示妳要開始談他了嗎？眞是擾亂人心。爲什麼妳會覺得在談你的……他家小孩的迷你兔前，有必要跟我說住宿學校的事？」

「爲了方便對比。」

「妳是這麼想的嗎？可是其實面對這種情況，妳要負的責任跟他一樣多，甚至比他更多。我想妳應該已經試過離開他了吧？」

「大概兩百次。」

「所以妳回頭兩百次了。」

「是的。」

「所以妳看，是妳在主宰這場遊戲。妳的事不是平行對照組，而是一個迴圈。妳剛才自己說的，妳一直在『往深處裡鑽』，妳的故事就是從這裡開始變得耐人尋味。別管奧迪和海邊的夢幻小屋了。妳值得更好的。妳美如天仙，妳那麼幽默、溫柔，敏感又聰明，甚至會分辨胖可丁和胖丁，還幾乎不抽菸了，妳是我這一生中遇過最有吸引力的女人之一，妳很清楚自己絕對有能力勾引任何看上眼的男人，所以爲什麼要過著這種……這種，再用妳的話說，『站崗』的日子？一定是因爲到頭來，妳還是習慣這種生活的，不是嗎？站崗的生活其實也有很多好處。不用思考，不用下決定，只要服從和被動……妳一直處在這種重覆的、壓抑的環境中，沒有任何懷疑和不安的空間。我說的不安，是對於存在的不安感。不用面對這種不安的生活當然很舒適，可是

⑫ 這裡引用的是經典香頌〈Mon amant de Saint Jean〉，著名歌手伊迪絲・琵雅芙（Édith Piaf）也曾演唱過。

卻沒有給任何冒險、不期而遇、迷亂和命運機會……也免去了一些曲折和命運的惡作劇。真是個方便的藏身之地啊。舒適至極。站崗者在他的小屋裡，不需要質疑，不需要反問自己任何問題，而且事實上在他們內心深處，經常對他們看守的東西毫不在乎。對他們來說任何事都是狗屁。他們只會坐在那裡，任由屁股結凍，等待下一個傻子來接哨。好吧，有何不可呢？可是妳不要告訴我，生命對女人比較仁慈……瑪蒂達，這種話讓我失望了……」

「妳以爲自己是精神科醫生哦？」

妳的口氣聽起來有點不悅。

「不，完全不是。我只是在試著理解妳的行爲。如果妳沒有從一開始就告訴我關於妳童年的事，我現在說的話可能會不一樣，可是妳這麼做了，讓我覺得很混亂，妳不覺得嗎？不是因爲這些年的……軍事教育造就了今日的妳，妳說這些，是因爲妳覺得有必要給我更多細節。聽妳這麼說，我反而感覺是妳把自己困在星期三下午的，我想瞭解爲什麼。不是要評斷妳這個人，明白嗎？我只是想弄懂。」

「妳想說的是我有斯德哥爾摩症候群，或是其他類似的腐爛症嗎？」

「不知道，不能把妳的住宿學校生活拿來跟人質相比，可是必須承認這是個誘人的解釋。妳說妳整整八年沒有生活可言，可是現在妳已經是成人了，妳是自由的，沒有任何束縛，妳卻又給自己多加了四年的役期。嘿，妳得承認，其實妳喜歡數日子的感覺吧？否則要怎麼解釋這一切？」

「……」

「我傷害妳了嗎？對不起。我看得出來，我傷害到妳了。原諒我。我沒有任何權利……」

「不，不。妳沒有傷害我，正好相反，妳是在幫我消毒。我不是不說話，只是有點痛。妳說的話很痛。我知道是爲了我好，可是眞的蠻痛的。」

「妳確定不要玩一局 UNO 嗎？」

微笑。

「不。我想繼續。我想要妳繼續跟我一起檢視這個傷痕。可以嗎？」

「請說。」

「不，是妳，請說。」

「可是我沒什麼好說的啊，妳知道……」

「妳有。妳當然還有話可以說。妳得要我下定決心離開他。」

「可是這種話不需要我跟妳說，妳已經知道了！是妳自己這麼說的。是妳把這件事提出來的。妳說的這些，不是一則故事，而是一張參考地圖。妳像個可憐蟲一樣緊咬不放的手機、被妳否定的現實、只能偷偷摸摸擁有的溫柔、關於那些待整理文件的故事、殘破的建設、永遠拿不到的建設執照，這些都是妳說的。都是妳的版本、妳的結論。到目前為止，妳都沒有提過那個男人對妳的好，不是嗎？」

我們沉默了一會兒。刺痛感。

「他對妳很好，」我把語氣調得輕柔一些，「我知道，他對妳很好。我剛才說過妳在那些你們有時間聊天的早晨看起來有多美，但那些時刻對妳來說是毒藥，瑪蒂達，別做這種事。時間太短了。太微小了。太狹隘了。我們都知道眞正的幸福並不存在，所以才要盡可能在沒有幸福加持的情況下快樂地生活，可是……妳的情況，妳的情況完全是個圈套。花四年的時間愛一個男人，到頭來，還是被迫用『確認收件』來代表『我愛你』，這……沒錯，妳說的對，連最後的自尊都沒有了。」

沉默再度降臨。

我把最後一絲威士忌倒進妳冰冷的杯子裡。

「謝謝。」妳低著頭，喃喃自語。

「妳不能再被這種詭計牽著鼻子走了，對吧？」

「我做不到。每一次我試著離開他，都會心碎。這種生活也許很悲傷，但沒有他，我會更糟。」

「生活？哪來的生活？四年的游擊行動？四年的站崗任務？爲了一個只

能用謊言換來擁抱的男人，爲了一個認爲用大把的簡訊就能打發妳的男人，妳過了四年悲傷的日子。嘿，別忘了，妳不是妓女，瑪蒂達，妳不是妓女。我知道妳很痛苦。我知道。可是這種事邪惡的地方在於，四年之間，妳都活在一個已婚男人的陰影下。虛假的快樂、虛假的道別、虛假的相會、虛假的親密、失望、屈辱、苦澀，這些妳都被迫隱忍，最後，妳迷失了自己。妳甚至忘了自己值得比這個男人給妳的好一千倍的生活。對不起，應該是這個男人不能給妳的生活。」

「不，不要這樣說。這不是眞的。他比妳說的好多了。妳不認識他，可是我知道他比妳說的好。否則，我不會走到現在。」

「他知道妳想要孩子嗎？」

「應該隱約感覺得到。」

「他不要？」

「對。」

「如果他眞的愛妳，就應該離開妳。愛上一個想要孩子的女人，就應該給她，或是放她自由。」

「給她孩子。聽起來很大男人。這種話聽起來像個可悲的副官會說的。」

「我是用母親的口吻在說。我同意妳說的，這種話很大男人。好吧，這麼說，要嘛就是和她一起生養孩子，要嘛就是放她自由。」

「這樣聽起又像牧師了。」

「我是用一個寡婦的口吻說的。而這個寡婦剛失去大她二十歲、因爲覺得自己年紀太大所以拒絕生孩子並決定離開、卻又在一年後推著一台漂亮極了的嬰兒推車在公司門口等她的男人。一台 Bonnichon 古典推車，這可不是開玩笑的……可是他離開的那一年間，我沒有任何他的消息。一點音訊也沒有。沒有簡訊、沒有花、沒有留言，什麼都沒有。一年之間，我完全是自由的。」

沉默。

「我害怕離開他，害怕孤單，害怕後悔，害怕思念。我怕再也不會活得這麼轟轟烈烈，我怕會覺得無聊，永遠爬不起來。儘管我極力否認，但我確信，在我的內心深處住著一隻像白蟻一樣的小蟲，始終認爲他最後一定會離開老婆，儘管他們最近才買了新公寓。其實，我是給自己找了些爛藉口留下。因爲我還對心裡的那隻小蟲言聽計從。我聽從最糟糕的自己，那個最善於欺騙、最懦弱、最膽小的自己。」

「也就是聽從讓妳失去尊嚴的命令，這是軍隊裡最悲哀的事，不是嗎？妳爲什麼還要踩在這個讓妳進退兩難的泥沼裡？爲什麼？妳應該要像剛才那位偉大的伊莉莎白那樣，瑪蒂達，妳應該打破這些過時的價值觀。逃跑吧。像隻脫韁的野馬。脫去妳的制服，放下妳的武器。逃離這一切。越過高牆。妳值得更好的。妳知道嗎？如果沒有看到妳和我的孩子相處的樣子，我是不會用這種口氣跟妳說話的。如果沒有看到妳吸嗅玩偶的模樣，或是撫摸愛麗絲捲髮的樣子的話……為什麼要冒著不能擁有這些的險呢？為什麼？為了誰？為了寫出什麼樣的故事？既然背著男人生孩子和背叛妻子一樣絕望，那就快抽身離去。如果妳還想要更快樂的生活的話。妳沒有其他選擇，一定要抽身。我雖然對妳說這些話，但我同時也發現，其實我不太有立場……因為我找到了永恆的情人，為我的孩子找到了夢幻父親，他是我找到的。可是妳看……最後，我還是一個人養孩子了……所以……我想……我還是閉嘴吧。」

大笑。叫喊。喧嘩。

樓下傳來呼喊聲與玻璃碎裂的聲音。

「聽我說，」我坐直一些，「我跟妳說實話。我要告訴妳眞相，不是妳的眞相，也不是現實。是我自己的眞相。眞相就是，我在這裡長篇大論，可是我其實是錯的。我是錯的，因為老實說的話，這裡還有另一個眞相：我什麼也不懂。我從來就不是個學養豐富的人，而在我的情人離開後，我更是完全失去了方向。所以啊，我說的話妳可以取走一些，或是把它們留下。我想，最好還是留下。沒錯，別拿，現在的我根本就不應該跟妳說生活應該是什麼樣子。我不只是失去方向，還比這個慘得多。相信我，我可能完全是錯的。在我跟妳說這些事的當下，我身上沒有任何堅固之處，一點也沒有。可是呢……如果我要繼續做好麻醉師的角色，我可以告訴妳的是，我們相遇的時候，我是那個已婚者，還沒有正式結婚，但也差不多了。是的。我是加害者。他很聰明，從來沒有強迫我。從來不會在我身上強加任何壓力，而且他絕不可能用我剛才跟妳說話的口氣對我。我剛才的那種長篇大論的教訓，如果他聽到了，一定會嚇壞的。驚訝且失望。他以爲我沒那麼笨拙。爲了幫助我脫離我那沉悶卻舒適的小屋，他唯一做的事，就是讓我不停地說我前男友、前室友很喜歡用嘲諷的口吻拉長某些音節這類的事。他會讓我慢慢述說，就像妳今晚一樣，然後他專注地聆聽，像今晚的我，最後，他就……」

沉默。我露出笑容。

「他怎樣？」

「打了哈欠。我因爲他打哈欠而大笑。」

「然後呢？」

「沒有然後。我向一個無趣的男人道別，走向那個逗我笑的男人。」

「吼……」妳蜷縮在告解室的皺摺裡咕噥著，「好想認識他……說說他的事。多說一點。」

「不行，改天吧。再找一個晚上。現在該睡了。明天還要上學呢。」

「拜託，就說一點就好。再跟我說點美好的事，幫妳的磨坊加點水，也給我一點勇氣。」

「下次吧，我答應妳。」

沒有人出聲。

「我可以在這裡睡幾個小時嗎？」

「當然可以。等一下，我去找一件被子給妳。」

我站起身，把最後一個空瓶丟進垃圾桶，再把杯子和碗放進水槽裡，走進房間從床上拿了件棉被，回到客廳時，我關上了窗板，拉好窗簾，把暖氣調大，然後爲妳蓋上被子。

關上桌燈時，我又說：

「如果我早知道自己那麼愛他，我應該會更愛他。」

這一點點什麼，這一滴水，最後這一句在昏暗之中的低喃，是否有給妳帶來一點勇氣？

我不知道。隔天清晨妳就離營了，後來再也沒有遇見妳。

再會了，我的狗

那天，牠失去了自己爬上卡車的力氣。牠甚至假裝用了點力，但最後還是決定坐在踏板上等我。嘿，我對牠說，老頭，好歹動一下屁股吧。牠看我的眼神還是收服了我。我低下身，把牠抱到位置上，牠躺了下來，彷彿剛才什麼事都沒發生。可是那天我發動卡車的時候一直熄火。

候診室裡只有我們。我試著在不弄痛牠的前提下緊抱住牠，這樣的動作讓我的肩膀極爲不適。我走向窗邊，以便讓牠看看風景。即使是在那種時刻，我看得出來，牠對這些事還是感興趣的。

這好奇鬼……

我用下巴磨蹭牠的頭，低聲說：

「沒有你，我要怎麼辦？我怎麼活下去？」

牠閉上雙眼。

出發到診所前，我先打了電話給老闆，告知他我今天會晚一點再開始送貨，可是我會盡量趕上進度。我一定會趕上的，他不是第一天認識我，知道我說到做到。

「這次又怎麼了？」

「里哥先生，我遇到麻煩了。」

「不是設備的問題吧？」

「不，不，是我的狗。」

「那小雜種又怎麼了？卡在雞屁股裡了嗎？」

「不，不，不是的，是……要結束了，我得帶牠去找獸醫。」

「什麼東西要結束了？」

「牠的生命。獸醫九點才會開門，我帶牠去看診再處理一下，我想會晚一點到倉庫。所以才想先打給你說一聲。」

「噢，幹，阿強，對不起。大家都愛那隻狗。牠怎麼了？」

「沒什麼，沒什麼特別的，只是老了。」

「噢，糟糕。對你來說應該又是個很大的打擊。牠跟你一起送貨多久了？」

「好久了。」

「那你今天早上的工作是什麼？」

「蓋渥諾工業園區。」

「要送什麼？德赫特公司的東西嗎？」

「對。」

「阿強，聽我說。你呢，你今天就放假吧，不用來。我們會想辦法的。」

「你們不能沒有我。那個年輕的女生不在，傑拉德也去上道路安全講習了。」

「啊，對……我忘了。可是我們還是會找到辦法的。安心啦。我會親自出馬。剛好可以活動一下筋骨。我很久沒有開車了，不知道手臂還夠不夠長，抓不抓得到方向盤！」

「您確定嗎？」

「對啊，不用擔心。就放一天假。」

去年九月卡車司機擋路抗議，情勢非常緊繃，我不願加入抗議行列，有人還就此訓斥我一番，直說我喜歡給老闆吹蕭。直到今日，我還記得那個叫瓦第克的人對我說的這句話。但我就是不想參與。我不想留妻子獨自在家過夜，可是事實是，我其實不相信這些抗議會有什麼效果。沒救了，這一切都太遲了。

我向同事解釋，老里哥先生其實跟我們一樣窮到脫褲。我並不想在高速公路收費站上當小丑，看著 Geodis 和 Mory 公司的人趁機搶走我們的生意。再說，我是真的這麼想的，我認爲這個人是個好人。作爲一個老闆，他一直都蠻講道理的。今天的事也是，聽到我的狗要死了，他的反應也很合情理。

我叫牠我的狗是因爲牠沒有名字，否則我一定不這麼叫牠。這麼做是爲了不要對牠產生感情，可是到頭來，就和所有的事一樣，我還是被擺了一道。

牠是我在去奧爾良的夜路上撿到的，時間正值八月。撿到牠的地點是在靠近埃唐普的國道 20 號上。

當時我一心想死。

盧多維奇已經離開我們幾個月了。我之所以沒有尋死，而且還繼續做著運送設備和零件的工作，都只爲了一個原因。我計算過，還得工作八年，才能爲妻子存到足夠過日子的退休金。

那些日子，貨車就是我的監獄。我甚至買了每天可以撕下一張的日曆，把這個概念烙在心上：八年。我反覆提醒自己。八年。

也就是說，兩千九百二十天後，我就可以跟公司揮手道別。

我不再聽廣播，也不再讓任何人搭便車，沒有心情和別人聊天，回家只爲了看電視。妻子通常已入睡，不得不說，那段時間她服用不少藥物。

而我會抽菸。

我每天抽兩包高盧金絲，日日思念我的兒子。

那時的我幾乎不睡，餐點永遠吃不完，食物對我而言只是垃圾……我……我希望世界停止運轉，或是能夠向後倒帶。這麼一來我就能換個方式，減少他的母親受到的傷害。也能讓她放下那些打掃工作。我想回到過去，一個她還來得及遠離這個家的時間點。想到這件事，我忍不住咬緊了牙，力氣大到甚至弄斷了一顆牙齒。

公司要我去找特約職醫拿抗憂鬱藥（里哥先生怕我會對他的卡車做蠢

事），醫生在我準備離去的時候說：

「聽好了，我不確定最後是哪個原因會置你於死地，也許是過度悲傷，也許是香菸或長期亂七八糟的飲食。可是有件事我很肯定，就是如果您繼續這樣下去，按照您今天的狀態來看，莫那堤先生，您可以放心，您撐不了多久的。」

我沒有回話。我只需要這張就診證明跟丹尼——公司的祕書——交差，所以隨他說完後就離開了。我買了藥，以便在健保卡和保險資料裡留下紀錄，然後把藥盒全丟進垃圾桶。

我不想吃藥，同時也害怕妻子會用它們結束生命。

無論如何，結局早已註定。而且，我實在看夠醫生的臉了，不想再看到任何一個。

診療間的門開了。我告訴醫生是來打安樂針的。獸醫詢問我是否要留在旁邊。我答了聲是。他轉身進到另一個房間裡。回來的時候，他的手裡拿了一管裝了粉紅色液體的針筒。他先說明狗不會感到痛苦，對牠來就只是像睡著了而已，而且……先生，您別費心了，我很想這麼說，您別費心了。我兒子也是，比我還早離開，所以啊，您就別費心了。

我開始抽菸，像個煙囪一樣吞雲吐霧。妻子呢，她啊，再也沒有停止過家事。從早到晚，從這週一到下週一，她的腦子裡只裝了一件事：打掃。

從墓園回來以後，她就開始了。當時有家人出席喪禮，也有些她的表親從波瓦圖來參加，而在他們嚥下最後一口餐點後，她就馬上把人通通趕出家門。我當時以爲那只是爲了獲得清靜，我錯了，她一把抓起圍裙，把自己捆了起來。

從那天起，她再也沒有脫下那件圍裙。

一開始我還想：很正常，她得找點事情做。我的話變少，而她則靜不下來。我們各自尋找面對痛苦的方法。總會有雨過天晴的一天。

可是我又錯了。烏雲沒有離去。

現在我家的地板乾淨到可以用舌頭舔。地板、牆面、擦鞋墊、樓梯，甚至連廁所也可以。安全無虞，所有的東西都浸過漂白水了。我還在用麵包清盤子上剩餘的醬汁時，她已經開始用水沖洗了；要是我不小心把刀子放在餐桌上，就會感覺到她的眼神在警告我。我會在進門前脫下鞋子，就連拖鞋也是，才剛轉身就能聽見她在拍打它們的聲音。

某天夜裡，她依舊跪在地上擦拭磁磚縫。我一時發怒，對她說：

「看在老天的份上！停下來！娜蒂，停下來！停！我要被妳逼瘋了！」

她看了我一眼，沒作任何回應，繼續擦拭。

我搶下她手上的海綿，丟到另一頭。

「我說了，給我停下來！」

我當時氣到想殺了她。

她起身撿回海綿，再度刷起地板。

那天之後，我就搬到地下室去睡了。把狗帶回來的時候，我也沒有給她時間反應：

「牠會待在樓下。不會上樓。妳不會看到牠的。我會帶著牠去工作。」

我經常——也許有過上千次——想要一把抓住她，像抓著一個洋娃娃一樣搖醒她，懇求她停下來。懇求她。告訴她我也在，我也是，我跟她一樣難過。可是我從來沒有機會這麼做：我和她之間永遠隔著一台吸塵器或一個裝滿髒衣服的籃子。

有些日子，我不想一個人睡。我會故意拖拖拉拉，看著電視，喝酒喝到睡著。

等著她來看我。

可是她從來沒有來過。最後，我還是會默默接受。我會把抱枕放回原位，在幾乎摔斷半身骨頭的情況下爬回地下室。

再後來，屋內已經一塵不染，找不到任何一個地方需要打掃了，她就給自己買了一台凱馳清洗機，開始清潔牆壁和房屋外側的磚瓦。儘管做建築工程的鄰居警告她這麼做會破壞泥漿，她還是一意孤行。

星期天，她會暫時放過這棟房子。每個星期天，她都會帶著擦拭布和所有的裝備去墓園。她以前不是這樣的。以前的她總能給我帶來好心情，我是因爲這樣才愛上她的。我爸常說：Oh Nanni, tuamoglie è un usignolo. 你的妻子是隻小夜鶯。

相信我，我們認識之初，她是不碰這些家事的。完全不碰。

第一次看到我的狗時，我的車速過快。當時的偵測器沒有現在那麼精準，路上的測速雷達也比較少。不過反正我對任何事都不在乎。我開著一輛Scania 360，我記得那是公司裡最新的幾輛車之一。清晨兩點左右，我讓車裡的廣播大聲嘶吼，驅趕睡意。

我先是看到牠的雙眼。車頭燈的光束裡出現了兩個黃點。爲了閃過正要穿越馬路的牠，我大幅偏離道路。

我感到憤怒。爲了牠讓我受到驚嚇而憤怒，也因爲我竟然跟白痴一樣開車而對自己生氣。首先，我實在沒必要開這麼快，而且幸虧路肩上沒有東西，眞是奇蹟，否則應該都被我壓扁了。我感到慚愧。我像個沒水準的司機一樣持續咒罵了好幾百公尺，才突然對那條狗在八月天的半夜兩點出現在國道上的事感到疑惑。牠爲什麼在那裡？

又是一條沒有和主人一起去海邊渡假的可憐狗……

自從我上路以來，看過無數可憐的狗。受傷的、死亡的、被套著項圈的、瘋狂的、迷路的、對著車子狂吠或追著跑的，我當然從來沒有停下察看過。所以呢？爲什麼這次不一樣？

我也不知道。

我花了點時間下決定，車子已經往前開了一段路。我試著找地方迴轉，但由於路面過窄，我只能做出職業生涯中最瘋狂的決定。我把車停了下來，就停在路中央。開了雙黃警示燈後，我走下車尋找那隻小動物。

死亡並不是永遠的贏家。

自從小子離開後，這是我第一次萌生新的念頭。也是我第一次爲自己做了決定。連我自己都不太相信。

我在暗夜中走了好長一段路，有些路段架了護欄，有些則是雜草叢生，或者滿地人類隨意丟棄的垃圾。鋁罐、香菸盒、塑膠包裝，還有同行的司機懶得停車或沒時間暫停五分鐘時用來裝尿的瓶子。我抬頭看了一眼被雲層遮蓋的月亮，聽見遠方傳來角鴞的叫聲和陌生的聲音。因爲只穿著短袖襯衫，我感覺到有點涼意。我對自己說：如果牠還在，我就帶走牠，如果路上都看不到牠，也就算了。把車燈大亮的卡車留在遠處實在不是什麼好主意。當我走到剛才差點害我們兩個出大事的小彎道時，看見牠就在那裡。

牠坐在路邊，望向我。

「好吧，」我向牠示意，「你要跟我走嗎？」

牠的呼吸不太順，看得出來狀況不好。我柔聲安撫了幾句，撫摸牠兩眼間的白線。針都還沒拔出來，我就感覺到牠的頭重重地沿著我的手臂滾了下來，乾燥的鼻頭鑽進我的手掌心。獸醫詢問是要火葬還是化製處理①。我要帶走牠，我答道。

「那要注意，有一些規則要遵守，您知……」

我舉起手。他沒有再多說什麼。

填寫支票時，我猶豫許久，難以下筆。紙上的字都像在跳舞，我甚至忘了日期。

我用夾克包住牠，把牠抱到卡車上牠專屬的位置。

我和妻子原本想再生一個孩子陪伴兒子，可是終究沒有成功。

我們努力試了，輕鬆地開著玩笑，到餐廳用餐，喝點小酒，計算週期，發明一些情趣遊戲。儘管做了這麼多，她還是每個月都感覺到肚子痛，一次又一次，我看著她對我們的關係逐漸失去信心。她的姐姐建議她去找醫生安排療程，但我反對這麼做。我提醒她，我們的兒子也是自己來報到的，沒有必要用荷爾蒙和無止盡的針管來破壞身體健康。

然而，跟現在我們聽到的輻射傷害、基因改造、狂牛症和所有吃下去的垃圾比起來，我很後悔對她說了那些話，非常後悔。就算她做了那些療程，身體也不會比另一個女人更糟。

無論如何，正當我們還猶豫著下不了決心時，盧多維奇的病就發作了。

① 化製處理是把動物屍體拆解，取出可以用來當作其他動物糧食的油脂、蛋白質等物質。法國的規定是四十公斤以上的動物要這麼處理，其他的寵物狗大多還是以火葬處理。

從那天起，我們便再也無心思考生孩子的事了。

從那天起，我們不再規劃任何一件事。他當時還不到兩歲，可是整天咳個不停。白天、夜裡、站著、坐著、吃飯、睡覺，還有看卡通時，他都在咳嗽。咳到無法呼吸。

他的母親變得沉默，時時警戒。她像隻動物一樣，拉長了耳朵，盯著他呼吸的模樣並露出尖牙，除此之外，她什麼也不做。

她抱著孩子跑遍了所有候診室，有時也請假帶著他去巴黎，並在地鐵裡迷路。她省下所有的錢，用來支付計程車費。她看了各種專科醫生，等待的時間越來越長，收費也越來越貴。

最糟的是，她總是要精心打扮，以防哪天會遇上能夠拯救小傢伙的人。

我的孩子經常請假，而她也失去了很多。她本來有個好工作，上司欣賞她的能力，和同事也相處融洽，然而，他們最後還是這麼做了。

他們要求她簽下一份離職書。

雖然嘴上說著鬆了口氣，但當天晚上她什麼也沒吃。太不公平了，她重覆說著，實在太不公平了。

她試著找出過敏原，換掉了地毯、床墊、窗簾，禁止他靠近布玩偶、遊戲床、溜滑梯、朋友，也不准他摸小動物、喝牛奶、吃榛果，全都不行。所有孩子喜歡的東西都是禁止的。

她決定從這一步開始：找他麻煩。找他麻煩，然後才能拯救他。日間，她監視著他；夜裡，她會聆聽他的呼吸。是哮喘。我還記得那天晚上……我在浴室裡刷牙，她在卸妝。

「看看這些皺紋，」她哀怨地說，「看看這些白頭髮。我一天比一天蒼老。一夜又一夜，我變老的速度比同年齡的女人快多了。我好累。眞的眞的好累。」

因爲嘴裡還有牙膏，我沒有回話，只是聳了聳肩，表示她在胡說。妳很美。然而，我知道她說的是眞的。她瘦了。長相也不一樣了。過去的溫柔已不再。

上床的次數減少了，房門也總是開著。

我開著卡車，不知道該把狗埋在哪裡。

這隻捕鼠狗、貪吃鬼，這隻小雜種。這麼長的時間裡，這個小伙伴總是陪著我，讓我有勇氣活下去。牠喜歡黛莉達②的聲音、害怕雷電，可以看到一百公尺外的小兔子，睡覺時總是把頭擱在我的大腿上。是的，我還是不知道該把這個小無賴埋在哪裡……

因爲這傢伙聞到菸就打噴嚏，我爲了牠戒菸。我很清楚牠是在逗我，經常是我還沒點菸，牠就會開始演戲。沒辦法，牠這麼做會讓我想起痛苦的往事。所以後來我只能等到休息時間才抽。

本來，我會爲了菸草雜貨店休息的時間太早、找不到停車位、價格太高或找不到零錢而憤怒，後來都沒有必要了。我的體重上升了，而且也對雙手上的柴油味和經過葵花田時聞到的香氣變得敏感。這一切都讓我感到心情愉悅。非常非常暢快。這些事證明我可以比自己想像的更自由。

我從未有過這種想法。

牠讓我重新開口說話，我也因此開始認識新朋友。出乎意料之外，我發現許多同事家裡都有狗。我學到了新的詞，也認識了新的品種。我四處談天說笑，在潘普羅納和海牙和不同的人交換狗飼料。我也會搭訕一些操著我連一個字都聽不懂的語言的司機，我會根據車牌判斷他們來自哪裡。我覺得他們都沒有外表看起來那麼孤獨。

那些人都有各自的卡車、貨物、行程表和壓力。這是我們的共同點，再加上一隻狗。

② 黛莉達（Dalida），法國天后歌手，第一個由戴高樂直接頒發共和國總統勳章的演藝人員。台灣人最熟悉的應該是改編成中文後的《我的心裡只有你沒有他》，這首歌的法文版本《Histoire d'un amour》就是她的經典作品。

牠也一樣，認識了不少新朋友。我甚至有一張牠的小狗朋友躺在副座置物箱裡的相片，一張來自摩爾多瓦的相片。我還和那位司機說笑，要是哪天我們停在同一個地方休息一定會認出彼此，但這件事從來沒有發生。唉。

我也感謝牠讓我遇見伯納德，他也失去了和盧多維奇同齡的兒子。比我慘的是，他的老婆離開他了。他試圖自殺了兩次，最後卻再度步入禮堂。他總說，其實日子跟以前也沒什麼兩樣，只是現在又有更多麻煩要處理。

夜裡，我們會在無線電上相遇，在空中閒聊。其實，幾乎都是他在說。他很能講，把笑話巧妙地穿插在話語間。而且因爲來自貝亞恩，他說話時的口音很有趣。我們在夜裡聊天，他說的那些事可以讓我保持清醒。

Nanar64。

我的朋友。

感謝我的狗，我不再咬牙切齒了，我開始享受公路上的一切。由於經常要停車小便，我還發現了一些很適合定居的地方。

感謝被遺棄的牠，那一夜安靜地在路上等待，一刻也不曾懷疑我會回頭察看，後來也完全依賴我，我因此走出了陰霾。我的意思是好多了，而不是讓我從此變得快樂。

我的妻子也應該要遇見這樣的人或事。

我還在往前開，得找到一個美麗的安息地。陽光普照、視野開闊。

我不知道這算不算是個美好的回憶……盧多維奇當時十一、二歲，骨瘦如柴，臉色白得跟阿斯匹靈一樣，總是被包裹在媽媽的圍裙裡，一遇到小事就哭泣，經常請假，不能上體育課，總是黏在卡通和電腦遊戲前。總之不是個正常的孩子……

一個不尋常的晚上，我的理智斷線了。

我抓起妻子的手，逼著她面對那個受盡折磨的孩子：

「娜蒂，妳不能這樣！不可能一直這樣下去的，」我大聲怒斥，「他不能一直坐在那裡等死，對吧？天殺的，他得長成一個大人！我沒有要他去跑馬拉松，只是正常長大而已！他媽的！他不可能一輩子都讀那些沒營養的東西或者在電視螢幕上疊磚塊！」

語畢，妻子嚇壞了，孩子放下遊戲手把，坐直了身體。

「小奇，我不是要煩你，可是你這個年紀的孩子應該要出去玩。應該要惹你的爸媽生氣！應該要開始對機踏車的構造有興趣或者去看女生！我也不知道，可是，我……一直待在這裡是學不到怎麼生活的。孩子，把那個東西關掉！把這些都拔掉。」

「我看了。那些女生，我看了她們，她們也對我微笑。」

「老天，光是看是不夠的！要會搭訕！」

「阿強，冷靜下來，」妻子嘆氣道，「冷靜下來。」

「我很冷靜！」

「沒有，你在發飆。現在馬上停下來，你這樣會讓他發作。」

「發作？妳又在說什麼蠢話了？我邊說話邊吐毛了嗎？」

「夠了。你很清楚，我說的是壓力……」

「壓力個頭！是妳讓他變成這樣的，是妳太寵他了！是妳不讓妳的洋娃娃長大！」

孩子的媽哭了起來。

她是個很情緒化的人。

那天夜裡，他不停咳嗽，用了四次吸入器。我就睡在牆邊，實在無法不聽見。

隔天是週日。她到小棚屋裡找我：

「星期三他得去奈克市回診。這個月你帶他去。這樣你就可以親自問羅伯斯醫生，他什麼時候可以回學校，什麼時候可以去咖啡廳了，好嗎？」

「星期三我要工作。」

「不，」她拒絕我的藉口，「星期三你不工作，你的孩子要去醫院，而你要陪他去。」

看到她的眼神，我沒有再反駁。而且，這個星期三是釣魚季首日，不用上工。她是知道的。

哦，那裡好像不錯……前面那座小山丘。

我的狗並不只是一隻狗。牠是我的監測員。牠總是坐得筆直，前腳跨在儀表板上盯著前方的路。有時，牠會突然狂吠。通常是遠方有個東西被牠視爲障礙，牠就在監控台上管控路況。

現在回想起來，牠的聲音幾乎可以震破我的耳膜了……

人們問我：「你養了一隻測速照相警示系統哦？」噢，當然了，我會回答，這隻可厲害了。而且還會自己貼在儀表板上。所以，一座丘陵，這是最基本的……

當然，到了現場以後，我根本不敢惹事。候診室裡其他的孩子，和所有他們在小奇身上做的檢查，都讓我吃驚。我一度想對他們說：「嘿，夠了夠了，可以了吧。你們看得出來他受不了了吧？你們是存心羞辱他嗎？」最後，他們要他坐進一個玻璃室裡，往一根扭曲的管子裡吹氣，直到他頭暈目眩爲止。那是爲了在電腦上記錄他的呼吸。

就像記錄心跳一樣。

我坐在一張凳子上，手裡拿著他的外套。護士更換管子的時候，我做出手勢爲他打氣，彷彿他正在參加一場激烈的比賽。他的確很勇敢……

接著，他又隨著護士的吩咐吐氣。我盯著電腦螢幕上的數據和曲線，試著理解情況。

理解我們的生活究竟爲何會變成現在這個模樣。爲什麼失眠？爲什麼焦慮？爲什麼我的兒子總是班上最矮的，爲什麼他的母親不像以前一樣愛我了？嗯？爲什麼？爲什麼是我們？螢幕上的數字四處跳躍，我當然一點也沒看懂。

我知道她在看診前已經先聯絡過醫生，所以他才會掛上神父的笑容轉向我：

「那個，莫那堤先生……您似乎對兒子日常生活的狀態有點……（他假裝找不到適當的詞）有點不同意，是嗎？」

我無言以對。

「您覺得他太軟弱了嗎？」

「不好意思，您說什麼？」

「缺乏意志？怠惰懶散？過於消極？」

我覺得身體發燙，他說的字我一個也聽不懂。

「他媽打電話來過了，是嗎？聽好了，醫生，我不知道她跟您說了什麼，對我來說，我的要求只有一個，讓孩子正常生活。正常的生活，您可以理解嗎？我不認爲她像現在這樣一直伺候他，對他來說是件好事。我知道他的健康狀態不理想，但像這樣把他關在家裡隔離，就好像放在消毒室裡，我不確定是不是會讓他更衰弱。」

「我明白了，莫那堤先生，我明白您的擔憂，恐怕很難要您完全放心，但我可以幫您做一個小測試。您願意嗎？」

簡直比神父還糟，眼前的這個人是總主教。

小奇看著我。

「當然沒問題。」我答道。

他要我脫下外套，自己則站起身自電腦後方拿出剪刀，剪下一塊 OK 繃貼在我的嘴上。不太好受。幸虧我當天沒有感冒。接著他離開了好一段時間，我和小奇就跟兩個傻子一樣面面相覷。

「嗬……嗬……」我發出這樣的聲音，並學起企鵝走路。

他咯咯地笑了。看他的眼睛瞇成一條線的模樣，我彷彿看到他的母親。那是年輕時的娜蒂。同樣的一張惹人喜愛的臉龐。同樣尖挺的小鼻子。

醫生回來的時候，手裡拿了一根黃色的塑膠吸管。一根小孩用來喝養樂多的吸管。他拿起手術刀，在我嘴巴的位置開了一個小洞。把吸管插入OK繃裡後，他詢問是否能呼吸。我點點頭。

接著，他又抽出一根針頭，在吸管上戳了好幾個洞。他看了我一眼。沒問題，還可以，又繼續他的小把戲。

下一步，他往我的鼻子上夾了個夾子，我覺得不太舒服。

我已經開始有點慌張了。

他轉向兒子詢問：「爸爸叫什麼名字？」

「強生。可是大家都叫他阿強。」

「好的……」他轉向我，「阿強，準備好了嗎？跟我來吧！不用說，嚴格禁止碰觸嘴巴上的小裝置。我可以信任您吧？」

我停下車，打開後車箱，拿出鏟子，把死掉的狗抱在外套裡。

天氣很好，我拉上拉鍊後就出發了。

我們跟著他走出房間後，他要我們在走廊上等他一會兒。小奇和我對看了一眼，搖了搖頭：喂，這傢伙是怪醫杜立德嗎？認眞算起來，只有他搖了頭，我沒有。我根本沒辦法搖。我只是翻了白眼，而光是這個小動作就花掉我所有力氣，幾乎喘不過氣來。於是我不敢再動。

羅伯斯回來了。他脫下白袍，像個孩子一樣踢著一顆破舊的足球。

他朝我呼喊：「來吧，阿強，來！把球給我！」

我完全沒辦法碰到那顆該死的球。完全沒辦法。

我搖晃著身體移動了幾步，一點也無法向前傾。不只是不能過於劇烈地搖擺，就連向左、向右、向上、向下都很困難。我得維持吸管的平衡，否則就會吸不到空氣。

我盡力了。

「阿強?嘿!老頭子，你在幹嘛啊?」

我幾乎認不出眼前的這個人，剛才坐在辦公桌後方的他還一臉正經八百，現在卻蹦蹦跳跳像隻兔子，還不用敬語說話。

「你他媽的!我沒有要求你進球，只是踢過來而已!」

我不允許自己吐掉吸管，可是氧氣不足再加上因爲踢不到那該死的球而憤憤不平，我開始失去平衡。我試著保持冷靜，卻感覺到自己快要斷氣。

「不，莫那堤先生，不行!」

爲了抑制自己撕下嘴上該死的OK繃，或者應該說避免自己在孩子面前顏面盡失，我唯一能做的，就是直接倒地，滾成一團，盡己所能一動也不動地把額頭靠在膝蓋上，雙臂團抱住頭，保護自己，隔絕這個世界。

別盯著我看。別跟我說話。別動我。這麼一來，我才能自顧自地裝死，然後重生。

他伸出手，把我拉近身邊。我立即撕下他那可怕的裝置。

「您現在明白了吧，您剛才經歷的，就是這個……」

他指向那台機器。就是剛才那面螢幕，那面印著盧多維奇用盡所有力氣吐出的，像是蒼蠅腳般在一張過大的圖紙上四處奔竄的螢幕。

我沒有料到路會這麼陡。我把手上的鏟子當作登山杖使用，幾個字大聲地從嘴裡溜出來：**來吧，阿強，來！把球傳給我。不，莫那堤先生，不行！**

那天晚上，我到兒子的房間看他。他在床上看雜誌。我拉出書桌下的椅子。

「還好嗎？」

「很好。」

「你在看什麼好看的書？」

他把封面給我看。

「好看嗎？」

「不錯。」

「好吧……」

看得出來他不是很想跟我聊。他累了，而且想安靜閱讀那本關於太陽系十大謎題的書。

「你拿了吸入器嗎？」

「有。」

「好，好……一切都很好是吧？」

「對。」

「我……你覺得我打擾你了，是嗎？我讓你不能好好看書，對不對？」

他盯著我的雙眼。

「對，」他露出一個大大的微笑，「我覺得你有點打擾我。」

噢……現在回想起來……這孩子還眞是客氣，多麼和善的孩子啊……

離開他的房間前，我忍不住開口問：

「你都是怎麼做的？」

「做什麼？」

「呼吸。」

他把雜誌放到肚子上，認眞思考後，給了我唯一可能的正確答案：

「我呼吸的時候很專注。」

我道了聲晚安。就在我關上房門時，聽到他挖苦的笑聲：

「晚安，C羅。」

像這樣的笑，輕輕的、緩和的，只爲了嘲笑老爸而笑，就幾乎要了他的命。

這個地方很完美。一個面向南／西南方的岬角。我的小監測犬在這裡可以看得很遠……

我挖了洞，剝下兩塊之前在自助餐拿的糖塊放入外套內側口袋，把我的外套留給牠。

路上吃。

我沒有花多少時間就把坑洞填滿了。我的狗不大。

我在他身邊坐下，那一剎那，我感到無比孤單。

我拿出菸，抽了一根、兩根、三根。

然後，我拄著鏟子站起身。

所有的醫生都說，應該把盧多維奇送到空氣新鮮的地方，應該讓他在遙遠的山上繼續念書。我們猶豫了很久，特別是妻子，但最後我們還是幫他註冊了位在庇里牛斯山上的療養院附設高中。

註冊程序沒有任何問題，娜蒂認爲是因爲他在學校表現良好，但我認爲純粹是因爲他在醫院的紀錄，不過這件事不重要，重要的是他很開心可以過去那裡。

剛滿十五歲的他即將就讀高中一年級，看上去已經是個一表人才的少年了。我說的是事實，不是因爲他是我的兒子。這是他天生的氣質，還是因爲長期生病造就的呢？我也不知道。但我得重複最後一次：他是個一表人才的少年。

跟同齡孩子比起來，他的身材很嬌小，但卻是個不折不扣的大男孩了……

事情發生在復活節假期前。我們迫不及待看到他回家。他的母親不停張羅，我也向老闆請了假。我們打算先去未來世界主題樂園玩，再到位於帕提內的親戚家。電話鈴響時，我也在家。

高中校長告訴我們，我們的孩子盧多維奇・莫那堤當天下課時在中庭發作，行政人員立即聯絡了救護車，但孩子還是在往最近的醫院的路上停止呼吸了。

整理他的宿舍是最痛苦的事。我們得拿走所有的東西，再全數丟進垃圾桶：乾淨的衣服、髒衣服、電動遊戲、書籍、掛在床邊的海報、課本習作、他的祕密和所有的藥。

娜蒂沒有任何反應。她只堅持一件事，就是不想遇上校長。這件「令人哀痛的事件」（如他所說）中，有些細節是她不能接受的。

十五歲的大男孩才不會無緣無故在下課時間死在中庭。

我們抵達宿舍時，她對我說：

「不要在我的眼前擋路，去車子上等，我想要自己處理。」

她沒有再重複過這句話，但從那天起，我總覺得自己礙了她的路。

路況很糟。因爲不習慣在這個時間開車，我沒想過會塞成這樣。我很不習慣掉進堵車陷阱的感覺，人們死命按著喇叭，而我想念我的狗。

明天回到車上時，我還會聞到牠的味道。

我得花一點時間重新適應。

多久的時間？

還要多久？

要多久才不會再望向牠，問牠是否一切都好，才不會再把手伸向亡者的位置？

要花多少時間才能做到？

我在門口說了聲是我，然後逕自走到廚房開了一瓶啤酒。正當我要下樓時，她叫住我。

她坐在客廳裡，身上沒有圍裙，膝蓋上放著一件外套。

「我有點擔心，所以打了電話到辦公室，里哥先生跟我說了狗的事。」

「哦？」

我轉身準備離去，她又說：

「你想出去走走嗎？」

「……」

「走吧……穿上鞋子，我們出去。我等你。」

我們走出門外，我關上門，在甫落下的夜色中，我們握起彼此的手。

163 再會了，我的狗

Happy Meal

我愛這名女子。我想討她歡心，想請她吃頓飯。在以鏡面為牆、鋪著棉布桌巾的巴黎小酒館裡享受餐點。我想坐在她身邊，望著她的側臉，環顧四周人來人往，任由盤裡的食物冷卻。我愛她。

「好吧，」她說，「可是要去麥當勞。」

我來不及倒抽一口氣。

「好久沒有一起吃飯了，」她放下手邊的書，補了一句，「好久好久……」

這麼說太不厚道了。上一次是不到兩個月前，我好歹會算。我會算，但我不想跟她計較。這名女子喜歡吃雞塊沾 BBQ 醬，我還能說什麼？

要是我們的關係夠長久，我會教給她更多事。

我會告訴她獵人醬汁①、玻美侯（Pomerol）葡萄酒和橙汁可麗餅。要是我們的關係夠長久，我會告訴她傳統小酒館裡的服務員必須輕抬托盤，讓客人的食物滑到桌上，雙手不得碰觸裝了食物的盤子。她會露出驚訝的表情。我還有太多事想跟她分享。太多、太多了……但我什麼都沒說，只是靜靜看著她扣上大衣扣子。

我知道女孩們對未來的期望是什麼，承諾而已。所以我選擇帶她到這種該死的速食店，日復一日討她歡心。橙汁可麗餅暫時不急。

我在路上稱讚了她的鞋。她一臉不悅地回覆：

「別跟我說你第一次看到這雙鞋子，這是聖誕節的時候換的！」

我一時語塞，她卻衝著我微笑，於是我又稱讚了襪子，而她笑我傻。妳覺得呢，我當然知道。

推開門時，我差點沒吐出來。我偶爾會忘記自己有多麼厭惡麥當勞。這味道……油膩、令人作嘔、夾雜著虐待動物又庸俗的味道。那些女服務員怎能忍受這般侮辱呢？怎麼戴得住那張無意義的防護面罩？人們爲何安份排隊？爲什麼放這種背景音樂？意圖創造什麼氛圍？我輕跺著腳。隊伍前方的人沒什麼教養。粗俗的女孩、眼神空洞的男孩。我本來就是個不擅交際的人，實在不該踏進這種地方。

我站得筆直，視線飄向遙遠的正前方，越遠越好：櫃台上方的菜單標出「超值加值全餐」系列的價格。這名稱怎麼能蠢到這個地步？我的心情滑落谷底。她也感受到了，她總能察覺這種細微的情緒。她牽起我的手，溫柔地按了按。她沒有看我。我覺得好多了。她的小指撫觸著我的手掌心，我的生命線和感情線重疊了起來。

① 獵人醬汁（sauce grand veneur），一種在高湯內加入莓果、鮮奶油和野味血液的胡椒醬汁，通常用來搭配肉類。

她遲遲無法下決定，猶豫著甜點要奶昔，還是焦糖口味的聖代。她皺起小鼻子，捻著一綹髮絲。服務員顯得不耐煩，而我卻爲此景感動。我端起兩個托盤。她轉頭對我說：

「你喜歡最裡面的位置，對吧？」

我聳了聳肩。

「是，就是。你喜歡。我知道。」

她爲我開路。原本凌亂的椅子，隨著她的到來紛紛往兩側划去。一張張臉轉了過來。但她一個也看不見。自知美麗的人總是如此不可一世。她一心尋找一個可以讓兩人舒適的小角落。她找到了，對我露出微笑，我閉上眼表示同意。我把伙食放在佈滿血紅番茄醬漬和油汙的桌面上。她緩緩解下圍巾，頭來回輕擺了三次後才露出纖巧的後頸。我像個傻瓜呆立。

「你在等什麼？」她問我。

「我在看妳。」

「晚一點再看。東西都要涼了。」

「你說得對。」

「我一直都是對的。」

「不，親愛的。不是一直。」

小鬼臉。

我把腿伸長，橫跨在走道上，不知該從何下手。我已感到疲乏，對這幾包東西一點興趣也沒有。兩個大嗓門和一個戴著鼻環的男子走來。我縮回雙腿，讓路給這隻奇異的畜牲。

我突然感到困惑。我在這裡幹嘛？因爲我深愛的人和粗呢大衣都在？我下意識摸索了刀叉。

她有點擔心：

「怎麼了嗎？」

「沒有，沒有。沒事。」

「那就快吃吧！」

我道了歉。她小心翼翼地打開雞塊盒，彷彿那是一盒珠寶。我看著她的指甲。淡藍色。蜻蜓翅膀藍。說歸說，其實我一點也不懂指甲油，只是她的頭髮上也停了兩隻蜻蜓。小巧的髮夾只固定了幾縷金色的髮絲。我爲此而感動。再強調一次，我知道，但就是情不自禁：「她是不是今早想到這頓午餐時，爲我擦了指甲油？」

我想像那場景，她在浴室裡全神貫注，同時幻想著她的焦糖聖代。那個幻夢裡也有我吧。是的，有我。肯定是的。

她拿起冷凍調理雞肉塊，沾了一點塑料醬。

她感到滿足。

「妳眞的喜歡這些東西嗎？」

「愛死了。」

「爲什麼？」勝利的微笑。

「因爲很好吃啊！」

在她眼裡，我看到了既老土又掃興的自己。可是至少她表達的方式很溫和。

我希望她能一直這樣，溫柔婉約。希望她能一直這樣。

我陪著她吃，跟上她的節奏咀嚼、呑嚥。她的話不多。我也習慣了。每回共進午餐時，她的話都不多，總是忙著看鄰桌的人。她爲那些人著迷。就連旁邊那位用同一張面紙擦嘴再擤鼻涕的人都比我有吸引力。

當她觀察著他人時，我的目光可以盡情地停留在她身上。

我喜歡她什麼？

第一點絕對是她的眉毛。迷人的眉毛。形狀無懈可擊。也許造物主當時靈感爆發，穩妥地用貂毛筆爲她描了兩道眉毛。第二點是耳垂。完美。她沒有耳洞。我希望她永遠別有這種想法。我一定會阻止她的。第三點，是個不太好描述的地方。我喜歡的第三個地方是她的鼻子，更準確地說，是她的鼻孔。那兩個圓背的小貝殼。粉嫩的、幾近純白的小貝殼，就像我們相識以來每年夏季都會去尋找的那種貝殼，海灘上的男孩們都稱之爲陶瓷。第四點……魅力頓時消失無蹤：她感覺到了我的目光，咬著吸管故作嬌嗔。我別過頭，拍了拍口袋摸索我的手機。

「你把它放在我的包包裡了。」

「謝謝。」

「沒有我你要怎麼辦？」

「完蛋。」

我衝著她笑，順手抓起一把冷掉的薯條。

「沒有妳我就完蛋了。」我又說，「可是星期六下午也就不必來麥當勞了。」

她沒聽見這句話，準備對聖代發動攻擊。她用湯匙尖端挖起花生碎粒，順帶謹慎地拉出一條條細長的焦糖。

然後便推開了托盤。

「妳不吃完嗎？」

「不要。我不喜歡聖代，只是喜歡那些花生粒和焦糖醬。冰淇淋讓我反胃。」

「妳要我請他們再放一些嗎？」

「什麼？」

「花生和焦糖啊……」

「他們不可能放的。」

「爲什麼不可能？」

「我就是知道。他們不會。」

「讓我來。」我拿起她那碗冷凍鮮奶油，朝櫃臺走去。我對著她眨了一下眼。她饒富興趣地看著我。我不是一個無畏的人。但我是英勇的騎士，願意在敵軍的領土上爲公主而戰。

我小聲向那位太太點了新的聖代。這樣容易得多。我可是個身經百戰的騎士。

小螞蟻又開始工作了。我喜歡她貪吃的模樣。我喜歡她的一舉一動。

多麼優雅啊……

到底是怎麼辦到的？

我思考著飯後的活動。去哪裡好呢？該做什麼好呢？走路的時候，她會牽我的手嗎？她會和進門前一樣，像隻小鳥般雀躍可人嗎？她說到哪裡了？好像是復活節的連假。一起去哪裡玩好呢？天啊，親愛的，我連自己要做什麼都不知道呢。一天一天這樣過，爲了保住妳的笑顏，我願意嘗試去做點什麼，但若問我兩個月後要做什麼，未免跑太快了。我得換個話題，還得爲待會兒的散步找個目的地。

英勇的、身經百戰的，靈感隨手捻來。

也許……逛逛舊書攤？舊書攤只是沿著塞納河散步的藉口。她一定會嘆氣。「又來了，又要看那些又老又舊的書？」不，她不會嘆氣的。她和我一樣，也想讓我開心。還有她的手，一定會讓我牽著的，我心裡明白。她總是會這麼做。

她先把餐巾紙對摺好後才擦了嘴。起身時，她整了整裙子，並把背心下的袖子拉好。她拿起背包，用眼神示意回收餐盤的位置。

我爲她開門。室外的低溫突然襲來。她重新繫好圍巾上的蝴蝶結，接著一個俐落的動作，釋放大衣領口裡的頭髮。她轉頭道謝：

「好好吃。」

好好吃。

我們朝多芬路走去，寒風料峭，我抓住她的雙肩擁她入懷。

我愛這名女子。她只屬於我。芳名愛黛兒，未滿六歲。

179 Happy Meal

我的生命值

今天上午十點左右，我放在胸前口袋的手機震動了。我感覺到它嗡嗡作響，但當時我正蹲在一面牆邊觀察一條裂痕，所以沒有打算管它。

我跪在安全帽上，企圖理解爲何一棟全新的住宅公寓沒有人入住。該建築事務所的保險公司委託我進行評估。四個月前，我們沿著裂痕安置了偵測儀，我正在等待助理回報相關數據。

我不打算列出更多細節，畢竟都是技術性的內容，但不得不說情況的確很緊張。我的公司處理這個案件兩年多了，投入了大筆的經費。除了可觀的花費外，還有三個建築師、兩個測量員、一個開發商、一個土木工程師、一個營造商、一個工頭、兩個工程顧問和一個副市長的名聲都賭在這上面。

我們的工作是評估「失序的可能性」，這是我們行話中含蓄的說法。而根據我即將繳交的報告中，選擇使用「移位」、「滑動」或「傾斜」（以及它們會導致的後果）這三個字其中的哪一個，會影響到的不是金額（這種牛角尖的事並非我的專長），而是未來那張帳單上的立據人和收件人名字。

也就是說，今早站在這棟才剛冒出地面就已瀕臨死亡的建築物下的人不只我一個，也代表我的手機可以繼續空響。

它的確又響了。兩分鐘後，它又開始震動。惱羞成怒的我，這回直接把手伸進外套內。就在我堵住它的嘴時，我助理弗朗索瓦的手機接棒了。他的鈴聲持續了好一段時間，大約重覆了六、七聲，響了兩次，但他當時正在離地十公尺高的吊籃裡工作，固執的對方最後只好放棄了。

我把手放在那條該死的裂痕上，陷入沉思，喟然而嘆。這條裂痕是自我們開始評估以來出現的第三條了，我的指尖輕撫著它，彷彿那是一個人的傷口。它們都帶來無力感和一點基督教式的狂熱心情。

牆壁，闔上裂縫吧。

我正經歷一段極其厭煩的時刻。這件案子無論是對我、對我們、對公司來說都過於沉重，也過於棘手，更重要的是，風險過大。儘管長遠來看，這件事最終會成為律師間的遊戲，那些最令人擔憂的裂痕、結構和地基也會轉變為友善的協議，可以肯定的是，我很清楚無論我的報告怎麼寫，只要我表達意見、傳達了我們的立場，都會在這個領域的圈子裡召來敵意。

如果結果顯示不是建築師的責任，公司就會失去兩個客戶，與遭起訴的開發商和建造商斷決關係；相對的，如果最後判定建築師應該負責，我們就得等上好幾個月（甚至好幾年）才能收到款項，同時失去比金錢更貴重的東西：信任。

對他們的信任，對我們自己的信任，對這個行業的信任。如果認定他們有問題，就等於證明了他們打從一開始就刻意隱瞞事實，欺騙我們。

承接這件案子前，我們猶豫了許久，最後是基於對這些人的尊重才答應的。我們信任這些人和他們的專業。儘管存在著風險（甚至投資了昂貴的設備），我們還是答應了，只因爲我們相信對方的誠意。

過程中的任何失誤對公司或對我來說，都將是一場災難。

然而，就在今天早上，在經過這麼長時間的評估後，我第一次產生了疑慮。現在不是說明細節的時機，就像剛才說的，都是技術性的內容，我說不清，你們也聽不懂，可以肯定的是，我極度焦慮。這件事有一、兩個小細節讓我感到困擾，還有個小小的想法正從內部緩緩啃蝕著我。就像是我們這種評估工作成天追逐的白蟻或天牛，一種蛀木般的小小想法。

投入這件案子至今已數百個小時，我第一次感覺到內心有個疑慮正在啃蝕我：建築事務所眞的對我們坦白了嗎？

（以上這段楔子稍嫌冗長，但我認爲對接下來描述的事件很重要。任何事情都建立在一個根基之上，這是我的專業教會我的。）

正當我陷入沉思時，一名建築師朝我走來，遞上他的手機。

「您的太太。」

還沒聽到她的聲音，我就猜到剛才是她一直試著找我；還沒聽到她要說什麼，我已經設想了最糟的狀況。

大腦中的齒輪轉動、敲擊、嚙合並發出警報的速度之快，是人類很難定義的。甚至在發出「喂？」的聲音之前，一連串影像已經從我的腦海裡閃過，一張比一張更慘烈。在拿起電話前，我就確信發生了嚴重的事。

可怕的千分之一秒。可怕的地震。龜裂、斷裂、裂口，或任何一個你能想像的用詞，都可以用來形容此刻的我內心的脆弱。

「是學校，」她嘆了口氣，「瓦倫汀的學校打來，說出事了。你得去一趟。」

「什麼事？」

「我不知道。他們不想在電話裡告訴我，要我們親自去一趟。」

「那小子出事了嗎？」

「不，他做了某件事。」

「很嚴重嗎？」

這個問題才剛出口，我就感覺到心臟再次跳動了起來。孩子沒事，其餘的都是次要的。其餘的事都被我拋諸九霄雲外，而我將繼續檢查我那片牆。

（我竟然要到今晚寫下「我繼續檢查我那片牆」這句話時，才意識到這件評估案已經把我逼到了什麼地步。）

「應該是吧，否則他們不會這樣要求我們過去。皮耶，你得去一趟……」

「現在嗎？不行。我還在巴斯特工地這裡，我現在不能離開。我們正在等結……」

「聽好了，」她切斷我的話，「這個工地的案子已經糟蹋我們的生活兩年了，我知道不容易，我從來沒有責備過你，可是現在我需要你。我的諮詢預約滿到頭頂了，不可能全部取消，而且你比較近。你得去一趟。」

好的。我並不打算談這個問題的細節，這也是個技術性問題，但我對妻子的了解還算夠深，足以明白當她用這種口氣說話時，唯一的答案是：

「好，我會去。」

「有消息隨時跟我說，好嗎？」

她聽起來的確是憂心忡忡。

因爲她的擔憂，我的心情也連帶受到影響，於是我大聲向所有人宣告我的小兒子在學校出事了，我很快就回來。我感受到眾人不能理解的情緒撲來，但沒有人敢多說什麼。儘管是這群鯊魚，應該也可以理解一個孩子比一袋混凝土稍微重要一點點吧。

這時，站在吊籃上的弗朗索瓦拋下一個令人安心的手勢。大致是說：別擔心，我會盯著他們。在這種情況下，他那手勢實在太美好了。太美好了。

¶

校長親自站在雨果小學的大門外等我。我們家的三個男孩都就讀這間學校。她一見到我，沒有任何寒暄，沒有笑容，沒有握手，只說了句：「請跟我來。」

我們彼此認識，總是會在學校校慶、家長會開會或放學的時候聊上幾句，幾年前，市政府擴大學校食堂時，我還免費替她工作過（現在的正式名稱是

「學校餐廳」）。當時合作愉快，我還以為我們的關係不錯。

我們沿著這棟新的建築往下走，我隨口詢問餐廳是否一切都好，但沒有得到任何回應。或許她沒聽見。她的表情冷酷，步伐急促，雙手握拳。

那份敵意把我帶回四十年前，我突然變成了那個走在校長身後的羞愧少年，一言不發，心裡只想著他會受到什麼處罰，她會不會通知他的家長。相信我，這種感覺一點也不好受。

既難受又詭異。

難受的原因來自於對我而言這不僅是一種感覺，還是一段回憶。我曾經是個好動的學生，那個被拉著耳朵穿過中庭走廊、彷彿正往斷頭臺走去的角色就是我。而詭異的感受則是因為我的兒子瓦倫汀是最溫和、最善良的孩子。

他究竟做了什麼？

這是今天早上我第二次面對一件超出我理解範圍的神祕事件。六歲兒子的腦子裡有什麼地方不對勁，他的小世界（至少他的校園世界）裡才會出現這種**移位**、**滑動**或**傾斜**的預兆？

要是被懲罰的是他的兩個哥哥，我毫無意外，可是他呢？這孩子向來尊師重道，習作本乾淨整齊，總是熱愛分享玩具，在外公外婆家渡假時，自己不下水游泳，卻從早到晚在游泳池邊趕昆蟲，以防牠們失足溺水。竟然是這個孩子被懲罰了？

這孩子是上帝的禮物，我常這麼說，因爲他的確就是。當時我們的兩個孩子已經大了，托馬八歲、蓋比六歲。某年聖誕前夕，茱麗葉，也就是他們的母親問我想要什麼禮物，我回答：孩子。後來，禮物有點遲到，他在二月中出生，所以我們給他取名瓦倫汀。

他是聖瓦倫汀①，各種意義上的禮物。

這個才剛滿六歲的禮物做了什麼事，才能把校長氣成這副德行？這眞是個徹底的謎團。

校長辦公室位在學校主建築的二樓。她先走進門，並示意要我跟上，始終沒有看我一眼。

我隨她進去。

「請關上門。」她對我下令。

但那扇門後不是會議室，而是一片電磁場。如果我手上有個測電儀，應該會立即被電死。

一名臉色暗沉的男子微微頷首，回應我的問候；另一名女子怒氣沖沖，看似沒有足夠的氧氣回應；還有一個坐在輪椅上的男孩，應該是他們的孩

① 聖瓦倫汀（Saint Valentin）是一位西元三世紀的羅馬聖人，二月十四日是他的忌日，也在往後成爲他的紀念日。由於相傳他主要保佑愛情、情侶，因此如今他的紀念日皆以情人節的方式爲人所知。

子。他沒有抬起頭看我，視線停留在膝蓋上手指不停摳著的那個想像中的灰斑，而另一端獨自一人站在窗前的，是我的瓦倫汀。

他背著光，低頭看著雙腳。

「瓦倫汀會解釋爲什麼我要緊急請您和馬辛的父母來學校一趟。」校長轉向我兒子這麼說。

他沒有回答。

「瓦倫汀，」她又說，「至少要勇敢向爸爸承認你做了什麼。」

馬辛的爸爸怒視著瓦倫汀，媽媽則是氣憤地搖頭，手裡同時把玩著車鑰匙；馬辛望向窗外，而瓦倫汀依舊緊盯雙腳。

「瓦倫汀，」我輕聲詢問，「告訴我你做了什麼。」

沒有回答。

「瓦倫汀，看著我。」

兒子照做。這時，我看到一個從來沒見過的他。我眼前的這個人不再是個孩子，而是一道牆。他的臉宛如一面牆，比我半小時前面對的那面還堅實。一面掛了兩個漂亮槍眼的高牆。一座城牆。

我在心裡笑了，當然，我沒有表現出來。他那張固執的臉，就像個即將出席軍事法庭的小兵，可愛極了。不，不是可愛，是帥氣。帥氣、平靜、蒼白……像座雕像。像個大理石藝術品。

「瓦倫汀，」校長重複了一次，「請不要逼我幫你說。」

馬辛的媽媽打了個嗝，這個嗝讓我頓時火氣上升。究竟發生什麼事？他們的兒子看起來活得好好的，應該不是我兒子害他得坐輪椅的吧！正當我要出口制止，並表示我的不滿時，兒子決定坦白了（我無限感激），讓我不用在這場氣忿和憂鬱交雜的聚會中做出可笑的舉動。

「我把馬辛的輪子戳破了……」他低聲說。

「沒錯！」校長滿意地應聲，「你用圓規的尖頭把同學輪椅的輪胎刺破了。這就是你做的好事。你現在高興了嗎？」

沒有回答。

一個總是和善的六歲孩子沒有任何回應就等於默認，如果他以這種方式認錯，那麼對這件事進行一個小調查應該是基本的處理方法。

請注意，我的意思不是我準備好要爲我的孩子掩蓋或原諒他的錯誤，但我的工作就是對有爭議的事件進行調查，藉此判定責任歸屬，因此在執行任何後續動作以前，我堅持要先進行評估。

我不是要保護兒子，只是按照規則行事。鑑於今天早上我對眞相的堅持，現在的我又更加謹愼。

幾個月來，我都在跟一群人玩貓捉老鼠的遊戲，接收來自這些人的壓力與抨擊，所以我個人現在非常需要讓事情的脈絡清楚明白地呈現出來。

「你現在高興了嗎？」她又問了一次。

沒有回答。

校長轉向馬辛的父母，雙手舉到天高，刻意表現出她的怒氣。

由於瓦倫汀的坦白，再加上對於威權亙古不變的效率感到安心，馬辛的父親挺直了腰桿，母親也把鑰匙收起。

現在電壓下降了幾千伏特，大家也感受到該是進入正題的時候了：懲罰。如此卑劣的行爲該得到什麼樣的懲罰？陪審團的先生、女士們，我想你們都同意，這世界上沒有比攻擊一個手無縛雞之力的殘疾兒童更糟糕的事了吧？你們說是嗎？

是的，我感覺到氣氛緩和了一些，但我並不喜歡這樣的緩和。這種緩和就像是急著把牆上的裂縫給補起來。我瞭解我的兒子，我知道他站在什麼樣的根基之上，知道他是用什麼木頭做的，知道他不會無緣無故做出這樣的事。

「你爲什麼這麼做？」我問他時，在假裝兇狠的眉眼之間藏了一個微笑。

沒有回答。

這下我可眞的不懂了。我知道兒子認出了他爸假裝生氣的鬼臉，爲什麼還不摘下那張壞野狼的面具呢？爲什麼不信任我？

「你不想說嗎？」

他搖了搖頭。

「爲什麼不想說？」

沒有回答。

「因爲他沒有臉說！」馬辛的媽媽插嘴。

「你覺得丟臉嗎？」我輕聲詢問，雙眼沒有離開他的視線。

沒有回答。

「好吧，聽著……」校長嘆了口氣，「我不想爲了這種糟糕的事把你們留在這裡這麼久。事實就擺在眼前，他做了一件不可原諒的事。如果瓦倫汀不想多說，那是他的問題。他會受到懲罰，他也應該藉此思考他的行爲。」

法庭上的人都鬆了口氣。

我還是盯著他的雙眼。我想要理解他的行爲。

「回教室去。」她下令。

正當他走向門口時，我叫住了他：「瓦倫汀，你是不想說還是不能說？」

他僵住了。沒有回答。

「你不能說嗎？」

沒有回答。

「因爲是祕密，所以不能說，是嗎？」

他這才點了頭，頸部向下搖擺的動作正好幫助兩滴卡在睫毛上的眼淚逃逸，沿著臉龐流了下來。

噢……他的眼淚融化了我的心。那一刻，我多麼想蹲下身子，把他擁入懷裡。多麼想緊緊抱住他，在他耳邊輕聲說：「很好，我的寶貝，你很棒。你有一個祕密，而你盡力守住它了，即使面對威脅，你也沒有鬆口。你知道嗎？我爲你感到驕傲。我不知道你爲什麼這麼做，但我知道你有你的理由，這樣就夠了。我知道你是什麼樣的人。我相信你。」

但我當然沒有眞的這麼做。並不是擔心冒犯校長，也不是要保護兒子的自尊，而是出於對馬辛的父母的尊重。尊重那些與這個愚蠢的輪胎毫無關係的苦痛。尊重這些應該也非常想蹲下身子，把兒子抱在懷裡的人。

我沒有做出動作，但我的職業病又再度發作了。這一刻，我突然有個想法，該是時候給他們、給我自己、給瓦倫汀、給馬辛、給這個由校長作爲代表出席的學校做第N次的專家評估了。

沒錯，建立一套「確保工作安全，或者避免任何會讓現況更糟的情形發生而採取的保護措施」是我的責任。我把雙手架在兒子的肩上，防止他逃出這個房間，接著，又把他的身體拉近，靠在我的兩腿上，一起轉過身，面對馬辛的父母。我直視著他們，說道：

「請聽我說。我無意替兒子辯解。他做的事的確不對。而且他等一下也必須和我一起彌補他的過錯。我的後車箱裡有一組補胎工具，正好藉此機會教他，或是教他們兩個怎麼修理內胎。」說這句話時，我望向馬辛，「這種事學起來總是好的，總有一天會用到。所以這件事到此為止。輪椅的事其實沒有那麼重要，相對來說，我想你們可能會覺得有點吃驚，但我覺得很重要的一件事是，瓦倫汀今天早上把他跟你們兒子的問題處理得很好。做得很好的原因是他沒有把馬辛當成和其他人不一樣的小孩。你們知道為什麼嗎？我相信是因為他看不出來差別。對瓦倫汀來說，馬辛並不脆弱。他就和其他人一樣，因此，也必須遵守學校中庭裡嚴竣的規則。瓦倫汀沒有歧視他，甚至沒有想過我們這些老是要區分差別的大人所謂的平權行為。沒有，他認為要平等對待。我們不知道他這麼做的理由，也不應該知道，因為孩子的祕密是神聖的。瓦倫汀覺得他得向馬辛做這件事。他也可以更粗暴，甚至絆倒他，往他的肩膀上揍一拳等等的，但是他知道他不能這麼做，所以才往輪椅上出氣。這是一場公平的戰爭，我甚至認為是一場神聖的戰爭。我們的孩子公平地對戰，錯的是我們。」說到這裡，我轉向校長，「我們錯在不該把一件稀鬆平常的事件看得這麼嚴重。如果今天是瓦倫汀在下課時間被揍了一拳，您會緊急把雙方家長叫來嗎？」我問道。「不會。當然不會。一旁監督的大人會把他們兩個分開，結束這場爭執。今天這件事也是一樣的。他做的事就相當於把另一個人絆倒，沒有更超過，也沒有太輕微。」

接著，我又轉向馬辛的父母：

「……我必須再重申一次。我不是要替兒子辯解，我不會替他道歉，而且我希望他接受處罰。但我只堅持一件事，他這麼做一點也不是要羞辱你們的兒子，他刺破輪胎，是基於對他的重視。」

由於我還得趕回工地，而且這些人，這些早就忘了自己也曾經是個孩子、無法理解孩子心思的老頑固實在令我惱火，所以我沒有等任何人對剛才的演說做出評論，就逕自繼續加固工程。

「請告訴我，」我問校長，「哪裡有水。還有你，瓦倫汀，跟上來，慢慢地把這台漏風的輪椅推到停車場。」

在其他人正要清醒過來，對我的評估結果感到震驚時，我從腋下架起了馬辛，準備把他抱去上一堂實作課。

他不重，抱著他就像抱著空氣，而我，在那一剎那，是我，我竟然成爲房間裡的四個大人當中最吃驚的一個。

我出生至今從未遭遇過這般的頭暈目眩，幾乎是搖晃著身體前進。

不，對不起，我的用詞應該更謹愼一些，「頭暈目眩」並不是最合適的。當我抱起這個六歲的男孩時，我感覺到的不是頭暈目眩，而是悲傷，那悲傷的重量讓我失去了平衡。

一分鐘前，我明明還筆挺地屹立在我的信念之上，像個辯護律師般對我的小信徒說教，爲什麼現在卻滑了一跤？

因為所以。

因為我是三個孩子的爸，因為過去十五年來，我抱過上百次孩子。上百次、上千次。

因為——每一個經常這麼做的成人都會懂——這世界上有種最溫柔、最令人安心，能讓你感到安全……沒錯，就是這個詞，安全（上帝最明白我熟悉所有鞏固牆面結構、加強安全措施的方法），能讓你在把孩子抱在懷裡的時候，心靈和身體都有同樣安全感受的，肯定就是所謂的「無尾熊本能」。

當我們抱起孩子，或抱起任何一個哺乳類動物寶寶時，他們就會自動抬起腿夾住我們的腰部。他們不會多加思索，從來不需要思考這種事，因為這是一種天生的反應。只要我們張開雙臂迎接他們，他們的大腦就會馬上反應過來，讓自己靠在你的身上減輕重量。

這是大自然美妙的奧祕。

大自然如此美妙，卻又無法一視同仁，給了這個就不給另一個：這個小馬辛和他失去生命的雙腿在我身上顯得如此沉重。

出乎我意料之外。

我覺得自己蠢極了，立刻收起原本看似全知全能、任何事都要插手的專家姿態，把眼前這個孩子的雙腿抓到身體重心的中心點，從下方撐好。向校長道別後，我又謙虛地請求他的父母隨我到停車場。

既然都要補了，不如全部一起補，這樣應該會比較開心。

¶

事實證明，這麼做的確比較開心。馬辛的父親叫阿諾，媽媽叫桑德琳。他們不是不高興，只是累了。

由於我還想繼續享受他們兒子的雙臂給我帶來的溫暖——我想這應該是一種下意識的渴求，爲了我早些時候的無禮和說教而補償，也爲了我的三個孩子手腳健全而感恩——最後拿水來的是桑德琳，而阿諾則把輪胎拆下。他也負責教兩個孩子怎麼透過觀察氣泡找出內胎的破洞，以及在補內胎前，把橡膠磨平並確實清潔有多麼重要。

這段時間內，我被一個好奇的小男孩當作起重機、鐵鉤、堆高機和升降機使用。

擔任這樣的角色，我自己也樂在其中。好久沒有在工地感受到自己那麼有用處了。

由於趕著回去看評估報告，我沒有答應阿諾和桑德琳的咖啡邀約，但我們和平地向彼此道別，活力十足地離去，而馬辛和瓦倫汀也回到工作崗位上去。

馬辛自己推著輪椅，瓦倫汀則走在他的身邊。

原本我想大喊：「喂，你也推他一下吧！」最後還是收了回來。

總得有點邏輯吧，評估專家，有點邏輯好嗎？

¶

「G1，183公釐；G2，79公釐；平均51，深度12。」我才剛把手機（和茱麗葉的焦慮）收回口袋深處，弗朗索瓦就報上了這一系列數值。

見我沉默不語，他又問道：

「你沒想到結果會這樣嗎？」

公司配車後方的掀背式車門大開，他正舒適地坐在一個塑膠油桶上，敲打著擺在後車箱內的電腦。

「你對這個結果不意外嗎？」我再度望向歐荷姆大樓北面的牆壁時，他這麼問道。

這棟宏偉的大樓內部共有五十九戶空的公寓，原本是去年七月可交屋驗收（我眼前這塊四公尺乘三公尺的看板上這麼寫著）。

「我……」我低聲咕噥。

「你說什麼？」

他指了指安全帽，表示聽不清楚。

「你還需要多少時間？」

「快好了。」

「晚點再做。我們先去吃午飯。這件事現在沒有那麼急了。」

¶

事實上，如果不是托馬的好朋友雷歐正好也有一個六歲的妹妹的話，我也沒想過要挖出瓦倫汀的祕密。

這個妹妹名叫艾蜜莉，而這個艾蜜莉的嘴巴可大了。

她把瓦倫汀「幹的好事」全跟哥哥說了。這件好事傳遍了整個校園，成爲當天在場的所有學生和成年人唯一的話題。而且不消說，它也將在那個小中庭的歷史中流傳好幾世紀。艾蜜莉話很多，當天晚上用餐時，我和茱麗葉聽見以下對話：

蓋比：嘿，小瓦？

瓦倫汀：幹嘛？

蓋比：你今天眞的把一個同學輪椅的輪胎刺破了嗎？

瓦倫汀：對。

哥哥們大笑了一陣。

托馬：你以爲自己在玩 Mille bornes 嗎？②

又是一陣大笑。

蓋比：你用什麼東西刺破的？圖釘嗎？

② Mille bornes 爲法國最早的卡牌遊戲之一，以公路和賽車爲主題，玩家可以攻擊對方車輛。

瓦倫汀：不是。

托馬：釘子？

瓦倫汀：不是。

蓋比：那是用什麼？

瓦倫汀：用我的圓規。

笑翻天。

托馬：爲什麼？他對你做了什麼事？

（聽到這裡，我從兩件事中看到孩子的智慧：首先，輪椅並不是什麼需要特別尊敬的東西；第二，下課時間的中庭裡不會無緣無故發生爭執。）

沒有回答。

蓋比：你不想說嗎？

沒有回答。

托馬：他對你說髒話了嗎？

沒有回答。

蓋比：那蠢貨偷了你的鉛筆盒嗎？

瓦倫汀（吃驚）：他才不是蠢貨。而且，他有整套的《Ariol》和《Kid Paddle》漫畫。

蓋比：哇，眞的嗎？那就告訴我們他做了什麼啊……

沒有回答。小瓦倫汀再度熱淚盈眶。

兩個哥哥很疼這個弟弟。對他們來說，弟弟也是一個禮物，所以看到他一副難過又不知所措的模樣，一時間也不知如何是好。

蓋比：小瓦，如果你不馬上告訴我們發生了什麼事，我們明天就會自己去問他。

瓦倫汀（這種程度的威脅終於讓他的裂縫從頭到腳連成了一線）：我……我不能告訴……你們。因爲……媽媽……會罵我。他一邊啜泣著。

茱麗葉（被逗樂，同時也很感動）（感動更多一些）：不會的，說吧。我答應你不會罵你。

蓋比（勝利狀）：啊我知道了！跟寶可夢卡牌有關！

瓦倫汀（遭擊潰）：對……

寶可夢卡牌在我們家是禁忌話題，瓦倫汀（在哥哥們的引介、訓練、鼓勵、轉化、教化、引導之下）沉迷其中，被懲罰了許多次。他的母親嚴格禁止他把卡牌帶到學校，而學校事實上也是禁止學生攜帶的。（我突然明白他稍早面對校長時選擇沉默的原因了，他寧願因為一時的衝動被處罰，也不要因爲違反規定而挨罵。）

看著他如此悲傷，又如此堅毅地堅持他的道德意識，我決定允許自己做今天上午早就該做的事：我站起身，往兒子的方向走去，給了他一個超大的擁抱。

在我懷裡的他，聞起來有粉筆、天眞、疲憊、小菊花洗髮精和一個孩子絕望的氣息。鼻頭濕漉漉的無尾熊用他厚實的四肢環繞著我，視線穿過我的頭頂，往哥哥的方向打了一個嗝：

「他……他……他騙我。我以爲……他有一張特殊牌，結果……他用一張爛牌換走了我的超罕見牌。」

「他拿走了什麼牌？」蓋比冷靜地問。

「赫拉克羅斯 EX，HP220。」

「你瘋了嗎！」托馬大叫，「見鬼了，這張牌絕對不能跟別人換啊！」

「他用哪張跟你換？」蓋比追問。

「胖可丁。」

沒有人說話。

哥哥們被擊斃。幾秒的震憾後，驚魂未定的托馬站起身再度確認：

「胖可丁？那張HP只有90，爛到爆的胖可丁？」

「對……」瓦倫汀已哭到喘不過氣。

「可是……可是……」蓋比氣得說不出話來，「只要看一眼就應該知道它很爛啊。粉紅色的、蠢爆的長相，就像小女生的娃娃。」

「我知道，可是……可是他說那是一張……特……特殊卡。」

托馬和蓋比目瞪口呆。用一張胖可丁換赫拉克羅斯EX已經是很可恥的事，更不用說成功欺騙對方把胖可丁當作特殊卡牌了，這一壯舉簡直是學校中庭的惡名傳奇中最無法忍受、最骯髒的行爲。我看著他們挫敗的表情，簡直就像兩隻落水狗，不由得打從內心笑了起來。兩個小黑手黨被一個六歲半的小喬派西（Joe Pesci）耍得團團轉。

接下來的一分鐘，所有人陷入氣氛低靡的沉默之中，除了碗盤彼此撞擊外，沒有其他聲音。這時托馬突然冒出一句話，宛如敲響了喪鐘一般：

「瓦倫汀，你太客氣了。你人太好了。這個大騙子，你應該把他的兩個輪胎都刺破的……」

¶

為他蓋上被子後，我問他：

「告訴我，**HP** 是什麼意思？」

「Health Points，生命值。」

「哦……好吧。」

「**HP** 值越高，」他從床墊下拿出一張卡牌，指著右上方的數字，「那張卡的寶可夢就越強。懂了嗎？」

我知道時機不太對，但我還是忍不住問他：

「那張胖可丁，你還留著嗎？」他的臉馬上垮了下來。

「有，」他發出痛苦的低吟，「可是它很爛……」

「你想不想跟我換？」我關掉小桌上的燈，問了他。

「嗯……不用……不用換，我送你。它眞的太爛了。可是你要用來做什麼？」

「我想留下來做紀念。」

「紀念什麼？」他打了哈欠。

¶

還沒等到我回答，瓦倫汀就已經睡著了。還好睡著了，因爲我其實也不知道這題的答案。

我該怎麼回答他呢？

用來紀念你。也紀念我。紀念你的哥哥和母親。紀念這一天。

找到答案後，我把它寫成報告。

我的一生都在寫報告，這是我賴以生存的方式。

現在時間已經將近凌晨三點，整個家都已陷入沉睡，只有我還坐在餐桌旁，剛完成我史上第一份沒有結論的專家評估報告。

我只想把今天發生的事記錄下來。

我的家庭、我的工作、我的麻煩、意料之外與意料之中的每一件事、我的天眞、我的特權、我的運氣……

我的基石。

我的生命值。

步兵

路易，你在哪裡？
你在哪裡，他們對你做了什麼？
焚燒？埋葬？我還能來看你嗎？
如果答案是肯定的，我該去哪裡找你？你在哪裡長眠？
巴黎？外省？

你身在何處，我該如何想像你的模樣？
石板之下？墓穴深處？骨灰罈中？

盛裝、橫臥、濃妝或淡抹，等待分解，或早已化成了灰？

也許播了種、飛散、滋蔓

迷惘

路易。

你的容貌如此動人……

他們對你做了什麼？

他們做了什麼，而他們又是誰？這些你從未提及的人是誰？

你有家人嗎？

有。當然有。我每天都會經過以你的姓氏命名的大道。我忘了你和那位光榮的帝國元帥之間的血緣關係，但可以確定的是，你有家人。

怎麼樣的家人？

他們是誰？他們值得嗎？
你愛他們嗎？他們愛你嗎？他們照著你的遺願做了嗎？

路易，你的遺願是什麼？

該死，路易，真該死
你太可惡了

¶

首爾，晚間十點，我在一間位於四十一樓的飯店房間裡。這棟大樓剛竣工不久，我想我可能是第一個住進這裡的人。地毯工人忘了把切割刀帶走，淋浴間裡的牆壁也還貼著保護膜。

我從多倫多來到這裡，在那之前，我去了位於華沙和維爾紐斯郊區的生產線，而後緊接著在多倫多三天進行一場又一場的會議。向東飛又向西飛，兩端的時差加在我的生理時鐘上，現在的我反而對當下的現實無所適從了。我只是靠意志力撐著，撐著而已。

在為陶東陵的代理人尋找備忘錄，準備明天和對方共進早餐時，我無意間在電腦資料夾深處看到了這個檔案：〈無題1〉。我早就忘了曾經寫過這些東西，甚至不敢相信是我寫的。

那時，我剛打開你送的禮物。我過得很不好。剛喝了酒。像條蟲。

路易。

我又來了。

好幾個月過去了我才又回到你面前，冷靜了點，也沒那麼暴躁了，但我的問題始終不變，你知道的……

我還是不斷問自己相同的問題，最後的結論也從無二致：朋友，我想你。非常思念你。

我怎麼可能料到自己會這麼想念你？這句話對我而言不是一個習慣用語，當我說「我想你」的時候，跟我抱怨我想睡覺、我想曬太陽、我想要勇敢一點或我想要有更多時間的「想」不一樣。我這麼說的意思是我心裡有個位置在你離去後被挖空了。也許是最美好的那個位置。最平靜、最寬厚的最細心的。

你就跟兩年前一樣陪伴著我。

兩年，路易，兩年了。

怎麼可能？

你在爲數不多的日子裡灌注了那麼多的生命力……

幻肢，假性幻覺，疾病名稱，陰性名詞：截肢者偶爾會有的幻覺，感覺到已截除的肢體部位的痛楚。會因為壓力、焦慮或天氣變化而發作。

憶起你時就是這種感覺。很荒謬吧？

荒謬至極。現在，你不僅是我的指南針，也是我的晴雨計了。只要有一點小差錯，一點小震盪，我就會往自己身上摸索，尋找你已不在的證明。

路易，我從未停止找尋你的蹤跡。你的死亡，就像有人往我的頭骨裡釘了一根楔子，稍有遲疑，砰，錘子就會重重敲下。砰。

我就會裂成兩半。

我寫了一堆廢話。
因爲害怕寫出廢話而寫了一堆廢話。
兩年。
不多不少。
時光易逝。
時光易逝，而我後悔虛度了那些歲月。
我們應該早點結識的，可惜我們太過內向，你和我都一樣。
過於內向、過於疏離、過於忙碌。
操心過頭。
總歸一句，過蠢。
我還有上千件急事待處理，但現在只想和你待在一起。

我想跟你說話，看看你，聽你的聲音。
我想把那些年再重新活過一次。彌補之前的事。
這個時機正好。我是，正如我告訴你的，我是個毫無生氣的人。

路易……
別走。
我拿杯酒就回來。

¶

你是個律師，我是一家公司的老闆（現在還在經營），我們住在同一棟樓，有時會在電梯口或一樓的大廳相遇。這棟亮麗的大樓位於十六區，我們共享著最高一層樓。

我們偶爾相遇，但除了以心不在焉、疲憊不堪的態度微微頷首外，沒有更多交集。我們像是驢子，或像騾子，把自己累成了牲畜。是我們自願讓自以爲重要的事物和成堆的文件夾壓在肩上，傻傻地把它們扛回私人圈子。

（我本來寫了「扛回家裡」，後來還是改了。我有家嗎？你有家嗎？最後我換成了「私人圈子」，結果看起來更詭譎了。私人圈子，什麼鬼話。不如直接說是賽狗俱樂部或行際盟友聯盟俱樂部就好？）

要是我們眞有什麼共享的親密，不過就是同個私人俱樂部裡的兩個會員吧，儘管這個俱樂部就只有我們兩人。不是因爲我們沒機會，而是沒時間。我們沒有多餘的時間。不能打獵，不能打高爾夫，不能接手管理職位，更不用說任何有機會營造出親密關係的私人行爲了。

親密……

不覺得聽起來很像一本美髮店裡會擺的雜誌嗎？

至於「家庭」，對我而言，那只是一種節稅的方式而已。對你來說……

對你這樣的單身男子，我不知道代表什麼意義。

也許對你來說，「家庭」是下班後的戲院或歌劇院大廳。過道、走廊、幕間休息……

你很常出門，而且……不，我其實無法想像。我不知道。

你總是那麼神祕……

我經常在趕搭清晨的飛機出差前遇見你。當司機匆忙爲我打開暖氣開得太強的車子後座車門時，我會看見你一閃而過的身影，帥氣、蒼白、雙手插在口袋裡、領子上翻、臉龐因爲夜色而模糊、鼻子半埋在圍巾裡。這個影像伴隨著我好長一段時間。

往機場的路程、等待的時間、作戰計畫、兵力部署、需要安撫的投資客戶、需要拉攏的夥伴、我的沮喪、他們的沮喪、我的疑惑、他們的疑惑、我的聲譽、我的堅韌、我的疲憊、我的偏頭痛、我的胃痛、空盪盪的飯店房間、住在簡訊裡的家庭、永無止盡的時差、我的全能藥盒、我的失眠夜……作爲一個資本主義步兵的生活，這鐵腕般的、充滿鬥爭的、熱情的、我選擇的、爲了它全力戰鬥的一生，我尊重這樣的生活，是的，我對它充滿敬意，但它卻讓我精疲力盡，而且，在你消失以後更是如此，唯有回憶你優雅的身影，我才能繼續走下去。

回憶你的身影。回憶你。回憶你的自由。

那些我自以爲是自由的回憶。

我最近正好跟一位有教養的女士描述了我和你在清晨與對方擦身而過的故事（以後再告訴你是什麼樣的情境），並強調這樣的相遇給我帶來莫名的安慰。她卻帶著嘲諷的口吻回道：

「聽起來很像保羅・莫朗在呼喊普魯斯特……」

我沒有回應她。我寧願被當個呆子，也不要當傻子。

但她可不是省油的燈。她直視著我的雙眼，久久不肯移開。時間久到足以讓我了解，是啊，是的，唉，就是這漫長的幾秒，我明白了自己是個糟糕的呆子：既呆又傻。在這件事已經再明顯也不過以後，她貼近我的臉頰，用美麗低沉的嗓音補了一句：

「普魯斯特……您昨夜去了哪個晚會，才能帶著如此疲憊而清醒的雙眼回來？在不為人知的情況下，遭受了什麼樣的驚嚇，才會帶著如此放縱卻良善的心回來？」

我沒有回應。

她：大概就是這麼回事，不是嗎？

我：⋯⋯

她：沒有什麼要說的了嗎？

我不多說是因爲⋯⋯

砰。

你的良善，路易。

是你的良善。

夜色籠罩。城市裡的汙染與燈光置身事外，我在離地面將近兩百公尺的幽室裡，離你那麼近，你很難想像，能和你一起度過這樣的夜晚，對我來說是多麼愉悅的事。

一如過往。

¶

時間已將近午夜。我剛讀完自己寫下的字。2609個字。兩個小時的奮鬥，加上一整個迷你吧，產出了2609個字。

字字皆辛苦呢。

更不用說是2609個毫無意義的字了。什麼意義也沒有，也沒有試圖表達什麼，純粹反覆說著：閉嘴，凱利－朋帝厄，閉嘴，快去睡。你拐彎抹角，你囉囉嗦嗦，一副清風道骨的模樣，可是其實你從來就不知道怎麼寫作。你對這種事一點興趣也沒有。

虧你還寫了這些，真是辛苦了。多麼辛苦又多麼自命不凡的差事。

「就像有人往我的頭骨裡釘了一根楔子」，既然都這麼說了，何不再加點普魯斯特？來吧，來吧，拜託你快振作起來。

吞下你的安眠藥，讓野獸昏睡吧。

一根往頭骨裡釘的楔子……

先生，沒有東西進到你的腦袋裡。沒有。更不用說進到你的脂肪裡了。你看，就連現在，在這裡，你也說那是「脂肪」，而不說「心」，這個字眞的讓你不舒服。心啊，凱利，心。你知道的，就是……在你身體裡跳動的那個內臟。那個像幫浦的東西。那個發動機。

關掉電腦，睡覺去。你需要補足體力。補好體力，明天早上才能繼續勞動。

安靜，別再說了。我喝了酒，我還在喝酒，一切都會變好的。必須如此。必須釋放它，就像放血一樣。我得跟你做個了斷。我也得把你埋葬。把你埋入土裡或是灑向大地，按你的意願，但我必須終結這場因爲你的敬小愼微而無法進行的哀悼。

我得讓你復生，才能向你道別。

向你道別，願你安息，我才有勇氣再次打開你的禮物，不讓自己哭得像小孩。

¶

剛才提過，我們都是保守的人，在大樓的公共空間裡遇到時，除了微微頷首示意外，沒有更進一步的交流。事實上，這麼說並不完全正確。路易，我們的鞋子，是因爲我們的鞋子沒有它們的主人那麼頑固，你還記得嗎？是它們先踏出第一步的。

你和我有個充滿罪惡的共同弱點：鞋子。這不僅是我們互相問候的方式，還是一種隱密的視覺暗號。不是要從頭到腳打量對方，而是用來檢視在這瘋狂的世界還有一件事仍然正常運行：無論風雨或飄雪，對門的鄰居始終穿著一雙高級訂製、版型無可挑剔、每一天都會仔細拋光擦亮的好鞋子。

不覺得令人安心嗎？是的。令人安心……清晨時分腳跟沿鞋拔滑入的愉悅、完美包覆雙腿與心靈的鞋帶、在不允許任何幻想的西裝下妝點一朵引人遐思的小花、一雙看似優雅又耐穿的挪威式皮鞋、一個比你更能講述你的往事的色斑，甚至是在你放進疲軟的鞋子前會情不自禁撫觸、能撫飾鞋面和情緒不平的鞋撐，無法理解這些事的人就不可能明白這種安心感。

你和我都是明白的人，並且對此心懷感激。儘管目光駐留的時間稍縱即逝，感激並不會因此打折。那是鑑賞家的眼神，行家限定。我們藉由鞋履認出了同伴，而矜持的男子卻拙於表達感激之情。無數的頷首間藏著無數的莞爾。大致表示：親愛的同路人，謝謝你，謝謝。我祝福你。

腳踏球鞋的凡夫俗子肯定認爲我言過其實，可是你和其他人都會豎起耳朵聽我說。路易，你懂的，一雙美麗的鞋，精緻的德比鞋，優雅的莫卡辛鞋，無瑕的樂福鞋，光面小牛皮鞋，楦木鞋撐，麂皮鞋，壓折時會發出聲響的馬臀皮紳士鞋，亮得像是上了日本漆的皮革，巴西棕櫚蠟……噢，多麼美好。

身爲一名老闆，我強迫自己盛裝打扮。除了光頭或橫飾頭的黑牛津鞋，或是在迫不得已、萬分迫不得已的某個星期五，一個沒有任何困擾的星期五會有四分之一雕花外，你不曾看過我穿其他休閒鞋（很瘋狂吧）。你呢，你無法想像自己帶給我多深的感動，特別是在我對你的認識更深以後，這種感受又更爲強烈。那是多麼深刻的震撼啊。多麼深刻的討論啊。多麼熱烈的爭論啊。堅持一種鞋型、一種品味、一名來自匈牙利而非維也納的鞋匠、一名來自維也納而非紐約的鞋匠、評估、瘋狂、捨棄、一名遙遠的修鞋匠、一條舊拭布的柔軟度或是拋光鞋刷的刷毛高度。這些存在主義的問題究竟佔據了我們多少時間？究竟是多少呢？除了這些問題，這些關於鞋子，關於我們那些——需要上臘的、夢幻的、請人換鞋底的——美妙的鞋子問題外，我們似乎沒有談過其他事。但光靠這點，我們就已經對彼此透露許多關於自己的事了。

一個人的一生中會遇到同學、同梯、同事、密友、老友、如蒙田和拉・波埃西的友誼①，或是像我們之間的關係。而最令人驚喜的事之一，就是這樣的關係沒有任何基礎，沒有任何共同的過去。正因爲兩人同樣沒有共同點，才能在毫無關聯的某個事物掩護之下（我們的掩護是男鞋）自在地捨棄一切。

① 蒙田（Montaigne）與拉・波埃西（La Boétie）爲莫逆之交，兩人間的情誼和蒙田的一句「因爲是他，因爲是我。」（Parce que c'était lui, parce que c'était moi.）皆成爲後世流傳的佳話。法國人提到誠摯的友誼時常會引用這個例子。

一切盡在不言中。

或者應該說這是海盜般的友誼間最珍貴的寶藏。

然而，我跳太快了，太快了……

此刻，我們還在一樓大廳或是電梯前的走廊上偷偷瞟視對方的鞋尖。我們第一次眞正的邂逅是在樓梯間裡。那一晚，我只穿著襯衫，光著腳站在你面前（或者應該說從你面前晃過）。

¶

大約是兩年多前，將近十二月底，日照時間短到令人感覺缺乏陽光。在財務報表、審計員和家庭聚會的多重壓迫下，我們都有種無力感。

一直以來，我都非常勤奮地工作，那段時間更是如此。當時正值石油危機，我覺得自己就像特克斯・艾弗里②卡通裡的人物，使盡力氣東奔西跑，企圖堵住漏水處，卻從未眞的堵住什麼。

四處奔波、無止盡的會議、隨時準備跟沒有天份的銀行家博弈，這些都讓我像個補胎膠、焊槍和軟木塞一樣到處防堵。路易，你很瞭解這些事，我就不列出細節了。我告訴過你這些事。在暴風圈遠離後，我才告訴你這些事，你則在不施加壓力的情況下要我重溫它，用力重溫它，才能眞正理解

理解發生在我身上的事，理解我失去了什麼，更重要的是——你總是這麼說——理解我得到了什麼。

（我必須坦承，就這一點來說，我從來沒有眞正理解你爲什麼這麼說。我覺得在這段惱人的故事中，除了我們的友誼外，我什麼也沒得到，但也無所謂。每當出現這種情況時，你總是說：「要有耐心，要有耐心。」好的，現在可好了，你死了，我沒有家庭生活了，而且我工作的時間比以前更長，

② 特克斯・艾弗里（Tex Avery），美國動畫導演。

所以啊，說眞的，耐心這種東西，我有。）

那天我準備要飛往漢堡。我起得很早，正在浴室裡刮鬍子時，艾莉安走了進來。

她在我身後的浴缸邊緣上坐了下來。

也許因爲她身著淺色睡衣，也許因爲我借她的針織外套袖子長到遮住了手，也許因爲她沒有扣上所有的扣子，只在胸前微微交疊，也許因爲她還抱著自己前後擺動，或因爲散開的頭髮低垂，我的腦袋裡萌生了可怕的幻覺，彷彿自己正面對一個瘋子在鏡子裡的倒影。一個身著拘束衣的瘋子。不，她這麼做是爲了撐住自己，爲了確保抬起頭的那一刻能站得直，而晃動的身子也不是神經質的動作，正好相反，那是一種推力。

（路易，我經常想起那天的幻覺，感覺……我生命中的所有混亂都在那面霧氣迷濛的鏡子裡：我總以爲我愛的人比我更軟弱，因此傷害了他們。其實，那天早上艾莉安一點也不瘋，她只是默默地凝聚起所有的力量，給自己帶來勇氣。我從未理解，其實，眞正強大的，是她。）

我問她是否吵醒她了，她說自己一整夜沒闔眼。由於我沒做出反應（我當時聽到她說的話了嗎？），她又低聲補了一句她要離開了，要帶著兩個女兒離開，搬到兩條街外的公寓，我想看女兒的時候可以去，「嗯……你能來看她們的時候可以來，」她苦笑著改口。就這樣，這段旅程畫下了句點。她受不了和我一起生活了，受不了我永遠不在身邊。她遇上了另一個人，一個細心的男人，把他自己的孩子照顧得很好，每兩週會輪到一次監護權。她不確定自己的心意，但渴望嘗試這樣的生活。也許會恬淡一些、輕盈一些、簡單一些。這個決定是爲了女兒，也爲了她自己。畢竟和我一起生活已經變得太艱難。我經常缺席。甚至當我在她們身邊。特別是當我在她們身邊。我緊繃的情緒影響了她們，而她希望給蘿兒和露西不一樣的童年。管理員的丈夫晚上會來搬走箱子，她只帶走她和女兒的衣服、幾本書、幾個玩具和卡爾維那棟房子的鑰匙，那是我送她的四十歲生日禮物。現在還不到談離婚的時候。她會帶走瑪歌，我們的保姆兼家政婦，但她知道我喜歡每天早上有人幫忙整理好床鋪，乾淨整齊如飯店，所以她會要求瑪歌先到我這裡。她會繼續使用共同帳戶裡的錢，但只會花在孩子身上。她有經濟能力，不想靠我生活。她會以女兒為中心安排事情，我隨時都可以看她們，也可以決定想帶走她們多久，只有這個假期（我當然沒有意識到那天晚上開始放假），她已經安排好了，要帶她們去陽光燦爛的地方度假兩個星期。

我抓起一條毛巾，拍去臉上的水，在我總算回過頭時，她說：

「保羅，你知道為什麼我要離開你嗎？因為我知道離開你，你也不會因此受到任何傷害。因為你是那種聽完這些話後，仍然會毫髮無傷的人。」

「……」

「保羅・凱利－朋帝厄，你是個怪物。一個好心腸的怪物，但終究是個怪物。」

我說不出話來。她拿出的是一把老舊的刀，我早就來不及閃躲。

一直到抵達登機門前，我都設法讓自己跟不同的人通電話，直到發現班機延誤五十分鐘時（能見度過低）才掛掉，癱入椅子。

後來，是一位陌生人把我拉回現實的。

「先生?還好嗎？」

我向他致歉，提起精神往漢堡出發。

當天晚上八點，我的司機把我載到公寓樓下。

公寓門口排滿了紙箱：我的鞋子，女兒的衣服，露西的玩偶，艾莉安的內衣褲。好的。

我脫下圍巾、大衣、外套、領帶、手錶、袖扣、鞋子，檢查了信箱，再給自己倒了一杯酒。正當我給自己放洗澡水時，門口的對講機響了。是胡利歐，來整理的人。

我當然幫了他，並非心甘情願，但總不能眼睜睜看著這可憐的傢伙帶走家裡的髒衣服而不出手幫忙。妻子都說了：我是個怪物，但心腸很好。善良的怪物。

由於胡利歐和我霸占了電梯，你最後決定走樓梯，慢慢爬到六樓。

抵達時，你氣喘如牛。你畢竟不是二十歲的少年，手上也抱了重物：左臂下夾了兩個厚重的資料夾，右手則提了一個裝滿食物的柳條籃。西洋芹和大蔥的葉子從籃子裡探出來。因爲那個景象出乎我的意料，所以我一直記在心上。不知道爲什麼，我從未想過你居家的形象。大概單純無法想像一個穿著帶釦德比鞋的男人下廚。聽起來很蠢，但我的確對大蔥很有意見，我不否認。

（作爲藉口，我得強調當時的我是個很簡單的人。非常隨興。）

我們就是這樣，在我人生的低谷中相遇了。我光著腳，而你穿著Aubercy的鞋，我們一如往常隨意招呼。你沒有往電梯或我的公寓看上一眼，就從紙箱之間穿過，關上你身後的公寓大門。

胡利歐很有效率地把東西清空後，我做了件最糟的事：我忍不住給了小費。連想都沒想就給了，那是我的反射動作。我習慣表達我的感謝，習慣以金錢表示心意。我聽見那些摶感情的人發出「嘖嘖……」的聲音。這聲音我聽了一輩子。事實上，在我看來，對胡利歐來說，把一張五十元的鈔票跟一句感謝一起送上比單純的感謝更能讓他滿意。他的道德潔癖在這種情況下沒有什麼用處。

我的也是。

我這一生中遇過很多人試圖要我爲賺來的錢背負罪惡感。爲了我使用這些錢走捷徑，不只是對事，還有對人，爲了我企圖用錢買下一切，特別是他人對我的愛慕而感到內疚。我從來都不懂如何爲自己辯護。我說眞的，我不知道該說什麼。我知道怎麼賺錢，正如同其他人知道如何花掉它們，我明白錢的萬能，事情就是這麼簡單。因爲我們鞋子的價格，我們時常談到這個主題（我們什麼事都沒有直說，卻幾乎什麼都談到了），你總認爲這些自以爲正直的人事實上比我還沉迷於金錢的誘惑。「親愛的保羅，你的格調遠比這些隨意疑忌他人的人高多了，錢對你來說沒有任何價値，因爲你是含著它們出生的。那些人很愚鈍。就隨他們說吧，忘掉那些目光狹隘的人。放下他們。」當這些話不足以安慰被誤解的我時，你總會引用阿方斯·阿萊③的話：

「別把自己當一回事，不會有任何倖存者的。」

（親愛的路易，請諒解，我只想趁著和你一起度過的最後一夜把平常沒說的都說出來。）（也許是因爲海拔高度吧。）

胡利歐把東西清空後，我也和幾分鐘前的你一樣，把公寓大門關上。

接下來的事我不知從何說起。我需要使用一些我無法掌控的詞彙，才能準確地述說。沒有人教過我怎麼說。或是我自己從來沒有意願學習。那些字過於懦弱，過於腐敗，太不可靠，更精確地說，就是太容易操縱了。正因爲我是……自己的囚徒，一個百分之百的蠢貨，才會走到人生的這一步。

當時我五十四歲，管理著一家由我的曾祖父創立的公司。我是獨生子，

③ 阿方斯·阿萊（Alphonse Allais），法國美好年代重要的幽默家、作家。

我的父親在我十歲時駕駛飛機發生空難，而我的母親，垂簾聽政的母后在好久以後終究退了位，沉浸在阿茲海默的歡樂之中。我的第一任妻子帶著大兒子移居美國，第二任妻子帶走了兩個女兒住進一名「細心」的男人家裡（和他們之間的距離對我來說是件更可怕的事），而浴缸裡的水已經涼了。看吧，這就是我的故事。

我想說的就是這些。

我不知道自己呆立了多少時間，站在……我記不得了，總之聽到敲門聲時，我是站在黑暗之中的。

我匆忙給自己戴上一張大致可以見人的面具，然而，大概是倉促之下戴反了，才會在你提起精神、也就是恢復沉著的表情並開口前，看到你的臉垮了半秒鐘。你對我說：

「自製湯品。2009年份，歐布里昂教會堡。奧黛麗赫本和亨佛萊鮑嘉。」

我簡直目瞪口呆。

「十分鐘後吃飯。我會留個門縫。待會兒見。」

話一說完，你轉身離去。

噢，路易，謝謝你。謝謝。

謝謝你用這麼平靜的語氣，這麼專橫地下達命令，驅使我體內的小男孩起身洗手。

事情一瞬間變得容易多了。

吃飯了……

有人要我上桌吃飯。

我往浴室走去，往臉上潑了一點冷水，這時，我……我實在不願意說出口。我得用盡力氣。我……它融化了。我的面具融化了。有些東西在我的雙手間融化了。有個人……好的。跳過這段。正如那著名的詩句所說，水，水，到處都是水。

我脫下襯衫，擦拭了雙臂、軀幹、脖子、肩膀、肚臍，最後站直了身子，那時……就在那一刻，我認出他來。我認出那個不得在他人面前哭泣的凱利家子嗣。夠了，保羅，夠了。別忘了，你這輩子已經夠幸運了。

在那層硬皮，那層肥肉之下，我認出了那個活生生、幾小時前也站在同一張鏡子前，被妻子活剝下皮的人。

是的，路易，謝謝你。謝謝你給了我這樣的機會：蛻去我的外皮。

¶

你的公寓裡燈光昏暗。我藉著矮桌上的燭光前行。桌上擺放了書籍、文件、散落的紙張和疊起的舊報紙，肯定是你的客廳。

一張深座沙發前方擺了兩套餐具。一條美麗的桌布、兩個擺在淺盤上的深盤、兩支銀製湯匙、兩個酒杯、一瓶放置在室溫下的酒、一塊置於木板上的乳酪和一籃麵包。

遠處傳來你的聲音要我坐下，你穿著圍裙，手裡端著大湯碗走來。

你用一把舊湯勺爲我盛了一大碗湯，磨出一些胡椒灑在湯上，再爲我倒了一杯酒。

接著，你解開圍裙，在我身邊的沙發上坐下，舒心地呼了口氣，把酒杯放到鼻子前聞嗅，露出一抹微笑，然後，你拿起電視搖控器，詢問我是否需要字幕，我搖了頭，你點了頭，按下《龍鳳配》的播放鍵，並祝福我胃口大開。

於是那天我們和奧黛麗赫本共進晚餐，她正好剛從巴黎最優秀的廚藝學校畢業。

美妙。眞是美妙。

小提琴、愛情故事、蒲福乳酪和空酒瓶，你默默陪著我走到門邊，祝福我有個好夢，並約好明晚同一時間晚餐。

我感到暈眩，幾乎忘了感謝你。

那一晚，我睡得極好，沉沉地酣睡了一夜。

（說到這裡，我也想坦白一件個人的樂趣：那晚我是想著你美麗的室內拖入睡的。）（Shipton & Heneage，希臘拖鞋。幾個星期後，你告訴我這雙鞋的牌子。）

路易，謝謝你。謝謝。

謝謝你。

這句話我不曉得還要重覆幾次，最後再回頭點算。可以肯定的是，我絕不會吝於表達我對你的感謝。

隔天晚上是南瓜濃湯。我一直到隔天晚上才明白爲什麼會在你家。在我們完成了和前一晚相同的行程後，你仍舊握著搖控器轉向我，以些許擔憂的口氣詢問：

「我本來想放《公寓春光》，但我怕有點不妥。也許現在看這個還太早了，對吧？」

多麼溫暖的笑容。

「不不，這樣很好。」我滿心歡喜地回道，「這樣很好。」

路易。從來沒有人像你這樣關心過我。沒有人。

我向你道謝了嗎？

（這輩子我只遇過一次，就那麼一次，有人像你這樣餵養我，像你一樣的霸道，像你一樣的溫柔。只有一次。那個人是艾蜜莉亞，小亞，阿爾薩斯來的小女孩，她在胡薩德之家，也就是奶奶那棟位於尼未內的破舊房子幫傭。爸爸死後，我在那裡自由自在地度過了一個夏天。我獨自待在「城堡」（她是這麼說的）裡時，她會讓我在工作室裡跟她一起吃晚餐。她會把一顆重達四磅且已放置多天的麵包切片後，浸入不知道是什麼的奶裡，加上糖和肉桂，爲我準備法國吐司。

（那片法國吐司的味道我永遠不會忘記。永遠。那是善良、簡單和被遺棄的味道。在那之後，我就沒那麼常吃到這樣的味道了。

（小亞……每當小亞固定聽廣播的時間一到，她就會禁止我說話。我只好一次又一次重讀儒勒·凡爾納的小說《沙皇的信使》裡，米歇爾·斯托戈夫在要被行刑者刺瞎雙眼前吶喊著「再也看不到陸地上的任何事物。」那個段落。我會刻意強調壞人奧加萊夫說話時的「r」音，捲起舌頭讓他的聲音聽起來更加殘酷、更嚇人。她很喜歡我這麼做。幾個月後，我才偶然得知小亞被解顧的事，我花了好一段時間才敢問奶奶原因（我得擁有像沙皇的信使一樣的勇氣），她卻只用一句小亞「身上的味道不好聞」交待。）

（路易？我扯遠了嗎？我是否用自己幼稚的牢騷消磨你的耐心了？若是如此，那你也只能怪自己了，我的朋友。若不是你，我甚至不記得自己還記得小亞的事了，若不是你，我大概永遠也不會想起她。）

我們的這種儀式，湯品、好酒、好萊塢經典片，一直持續到隔年的凌晨時分。每晚你都會約好隔天同一時間見面，我發現這種老男孩的餐聚能帶來難以言喻的寬慰。（難以言喻，形容詞。**因為過於強烈、奇特或非比尋常而無法以言詞形容。**）

你和我都對聖誕節或跨年夜沒什麼幻想。

因爲你每天都會好心地再次邀請我，而我也沒有拒絕的理由，所以我們就像什麼事都沒發生似的繼續這樣的生活。或者應該說，什麼都沒發生，但我還是活下來了。按照計畫，我兒子和他的母親與瀟灑的繼父去科羅拉多滑雪，艾莉安則帶著兩個女兒，穿著泳衣在珊瑚礁旁嬉戲（我並不想追究那位細心的男人是否同行，我決定好了，這種冷漠是我給自己最好的禮物），而你，你卻在不知不覺中，成爲我唯一的家人和唯一的避風港。

我不知道你怎麼看這件事，但我忍住沒有問你，在這種節日裡，除了我這個被戴綠帽的對門鄰居外，難道沒有別人可以陪你喝湯了嗎？不，我沒有冒這個險。直到今日，經歷了這一切後，我不知道自己是否後悔當初沒有多想一些，或是我很高興自己這麼做了。我當然不想被拒之門外，但路易，這不是我唯一的考量，我想的比這個還遠。我尊重你的沉默。

即使是在今晚，我會這麼厚顏無恥地說話，都是因爲我是在世界的盡頭給你寫信，而且比起失眠，我更像是在夢遊。聖誕夜那天，你決定播放法蘭克・卡普拉的《風雲人物》。

「沒什麼創意，而且你應該已經看過二十遍了，可是看了之後就會覺得它永遠不過時。其他事就交給這瓶梧玖特級園紅酒吧。」

我不敢反駁（其實我從來沒看過），而且感謝你在天使說完最後一句話後，讓我們在黑暗裡沉默一段時間。喬治・貝里的命運在我的胃上打了一拳，準備起身回家時，我突然覺得自己不夠勇敢。懦弱如我，竟在幾分鐘後又按了你的門鈴。

「你忘了拿什麼東西嗎？」

「沒有，只是……你知道嗎，我也是，我爸死後，我接管了他的公司，然後……」

因爲我不知道該說什麼，嗯，其實我知道，只是不曉得該怎麼說。總之，你用一陣爽朗的笑聲結束了我的遲疑，或者該說掃除了我的遲疑。

「我當然知道啊！所有的人都知道！你的名字代表了法國工業龍頭！去

吧……該睡了。這些情緒耗盡了我們的體力。」

再度回到我那空盪盪的公寓後，我坐在廚房裡，喝了兩杯當天早上合夥的公司送我的高級威士忌，我才總算可以說完那句話。沒有人聽見我說了什麼，但我想對你說的大致是：「我也是，我爸死後，我接管了他的公司，所以我也懂這種寂寞。我懂這種寂寞和害怕失去面子的恐懼。我的敵人不是可惡的波特先生，而是世界末日，是我的世界的盡頭，是我所在的世界。我的敵人是全球化，是亞洲，那是我迷失自己的地方，是一個缺乏在地化的世界。我的敵人早已擊潰我。『法國工業龍頭』，親愛的路易……法國工業早就不存在了。現在的我，不是在拓展我的生意，只是在避免失去它們。若不能保住家族的珍寶，我也只能拋售它們了。我不過是個泥足巨人罷了……」

再喝下幾口。

「而我孤軍奮戰。我比喬治．貝里孤單得多，因爲我從來沒爲身邊的人做過什麼好事，我……即使是偶然，我也從未學會被愛，因爲我也不知道怎麼去愛。我甚至比這種情況更犬儒，我從來沒有愛人的能力。我常聽到別人說我運氣好，生在好人家，究竟運氣好在哪裡呢？是含著金湯匙？還是銀湯匙？都不是，我是含著掃把出生的。就在年終結算之際，我的妻子不僅沒有救我於水深火熱之中，反而一走了之，不知道去哪裡曬屁股，甚至讓我一個人過沒有孩子的聖誕節。至於朋友，再說吧。什麼朋友？那是什麼？我連怎麼交朋友都不知道。要先構思嗎？可以制定程序嗎？要測試嗎？可以用最低成本製造嗎？需要專利嗎？」

好的。我醉了。

正因爲我醉了，所以才能把話說完：

「不，我沒有多餘的時間做任何事。我在世界上孤軍奮戰。然而，今晚你一如往常在我身邊，一個陌生的、不說話也沒有要求的鄰居。我總是空著雙手來到你面前，我一輩子沒做過這種事。我空著雙手見你，因爲我自己也早已被掏空，空得連勇氣也沒有，窮得連一絲禮貌也無法付出……」

該死。再喝一口。

「那個絕望的夜，從護欄邊抓住我的，不是我身邊的人，而是你。是你救了我。」

路易，我在哭泣。爲我自己而哭。

哦不，這樣做太過份了。看看這個老早就把你的悼詞都給說完的無賴！

幸虧這種可笑的言詞不會殺死人……

你的湯品激發了我的食慾。

別走，我回應客房服務後就回來。

¶

時間將近凌晨三點，我在窗前吞下一碗石鍋拌飯（米、炒菜、煎蛋、拌飯辣椒醬）。

城市裡超過千萬的人口，似乎沒有任何一個已入睡。辦公室、傢具、廣告電視牆、首爾塔、交通、大道、市街、橋樑都在閃爍。不，不對，是散發光芒。沒有月亮，沒有任何星辰。從我的高度望去，視線所及之處無一不是人造物。全都散發著光芒。全都閃耀著霓虹。

（我注意到，無論在哪一塊大陸上，這些怪物般的城市裡的飯店房間彷彿都是安置在我心中的測震儀。當我狀況好時，我會欣賞人類靈巧的雙手，花上數小時研究這些成就，然而，當我像今晚一般萎靡時，那雙手就會緊掐住我的脖頸，迫使我以蹣跚的步伐轉頭離去。）

（我們都做了什麼？要往哪裡去？這一切將會如何結束？）

好的，敬愛的、衷愛的父，請把路易還來，不然就及早就寢吧。

比利・懷德④、恩斯特・劉別謙⑤、史丹利・杜寧⑥、文生・明尼利⑦，我們就像在糖果店裡玩耍的孩子般，瀏覽了電影史上最美好的作品，慢慢地，我們和每晚在街區邊上的小電影院見面的老影友一樣聊了起來。

一開始，我們就跟一般的電影俱樂部成員一樣，對攝影、劇本、後製、拍攝期間的軼事、男演員、女演員（你爲奧黛麗赫本的美頸著迷，其他人都是消遣而已）一一評論。一部接著一部，我們逐漸把焦點放到了彼此身上。嗯……身爲男人的我們身上。換句話說，就是那些與我們本身關聯不大的事情上。話題多樣，大致像是：我們的工作、我們的職業、我們的事業、我們的職責、我們的專業、我們的公司、我們的部門，總而言之，就是我們的社會定位。

所謂社會定位，若就我們正樂在其中的跨年夜瘋狂小派對來看，或許也可以說是我們的生活定位，然而……我們都忙著往別人臉上丟彩色碎紙，瘋瘋癲癲地跳著小鴨舞，根本沒有心力讓彼此了解這一點。

（事實上，你和我，我們躲在戰壕之中，穿過奧黛麗・赫本、莎莉・麥克琳、金姐・羅傑斯、瑪萊娜・約貝爾、洛琳・白考兒、珍・芳達、賽德・查里斯、萊斯利・帕瑞施、黛比・雷諾、麗塔・海華絲、葛麗泰・嘉寶、葛洛麗亞・斯旺森、芭芭拉・斯坦威克、凱薩琳・赫本、瑪麗蓮・夢露之間的縫隙窺視前線戰況。）

（不得不承認，作爲沙袋，她們絕不是最糟的。）

④ 比利・懷德（Billy Wilder），奧地利導演，即前文提到的《龍鳳配》與《公寓春光》導演。

⑤ 恩斯特・劉別謙（Ernst Lubitsch），德國影史上最重要的導演之一，以喜劇最爲人讚賞，重要作品包含《天堂陷阱》、《璇宮艷史》等，今以「劉別謙式觸動」形容他獨特的幽默風格。

⑥ 史丹利・杜寧（Stanley Donen），美國導演，最知名的作品爲《萬花嬉春》與《綿城春色》。

⑦ 文生・明尼利（Vincente Minnelli），美國導演，以《金粉世界》獲得金球獎最佳導演的殊榮。

是啊，當燈光重新亮起、夜已過半、酒成佳釀、鎧甲微裂、唇舌鬆懈，我們開始轉向鄰座的客人，播放自己主演的電影。

我們的《七年之癢》、我們的《光榮之路》、我們的《錦繡人生》、我們的《逃亡》、我們的《日落大道》、我們的《雙重保險》、我們的《夜長夢多》和《洞裡乾坤》。

越是刻意拉開親密的距離，越是會暴露自己，因爲無論我們的生活定位看起來多麼可悲，終究是定義一個人的重要元素，甚至代表了一個人的一切。

你的律師袍、你的專業、你的檔案、你的案件，我的長袍、我的背景、我的檔案、我的擔憂，還要加上什麼呢？

沒有了。

我們的一生。這些就是我們的一生。

喂，凱利—朋朋，你知道自己在說什麼嗎？那些不完美虛擬語氣⑧、那些高來高去的言詞、一堆括號逗號和矯揉造作的語氣？先生，麻煩說點白話好嗎？

那麼，好……那個，好的，好的，其實，路路和我，我們喝多了，開始解開扣子。然後才發現鳥露得越多，越明白尿其實不會撒得更遠，事實上，身處節日的魔法之中的我們其實也沒必要吹噓什麼，純粹當兩個邊看著熟悉的電影邊吃西米露的糟老頭就好。然後……

嘿……

看到我的食指了嗎？看到它爲你指出如何前往聖誕老人的家了嗎？

⑧ 不完美虛擬語氣（imparfait du subjonctif）是法文的時態之一，一般只用於文學寫作，但現在已很少見了，口語上更不會使用。

路易，我不知道你是怎麼想的，也不能替你發言，但我可以明白地告訴你：那是我一生中最美好的休戰日。

如果硬要說，如果我夠大膽，如果我確信你已經永遠離世了，也許吧，也許我會對你說：那是我這一生唯一的休戰日。

對獨生子來說，聖誕節從來就不是一個有趣的節日，更不用說在成爲孤兒之後了，這個節日總是帶著陰溼的霉味。如果再加上悲慘的越洋離異、有如往閹雞裡塞乾料般粗暴的分離、深受你的情緒影響的孩子和一個細心的情人，那還眞……該怎麼說呢？你家聖誕馬槽裡的快樂吹笛手和新年新希望應該比我家的好多了。

實在多了。

我是個糟糕的兒子、糟糕的丈夫、糟糕的父親，這些，我都心知肚明。

這些都是事實。非常客觀的事實。可是……不，沒有可是。我今晚寫這些東西給你，不是爲了替我自己辯解。所以不該有「可是」。不過。而且。然而。我正好是如此。

我正好就是在沒有愛的家裡長大的。我不是在愛裡長大的孩子，你很難想像獨自長大的感覺，從未體驗過滿足感……對什麼的滿足呢……我也不知道……擁抱吧：我能擁有的只有嚴竣和棘手的事物。

我曾經是、現在也仍然是，一個嚴竣和棘手的人。

而且，所以，我正好接受了教育，哦不，應該說是接受了訓練，確保一家不是我成立的公司不會倒閉，也確保上千人能有遮風避雨之處與果腹之食（或許，甚至是，誰也說不準，甚至是他們的醫療、教育、和平，某種和平，就說是相對上的物質平穩吧。）。

這也是很客觀的事實。糟糕的丈夫、糟糕的兒子、糟糕的父親，但卻能確保所有人都能果腹。所有人。

如果當時我按原定計畫登上那架飛機，如果那次歷史科的分數好一點，如果我記住了誰是矮子丕平，記住他的豐功偉業和他的兒子是誰，如果我的父親沒有因此剝奪我和他一起出門的權利，我應該也在那場空難中喪生了。我會葬在他的身邊，長眠在那座可笑的陵寢之中，剛才提到的那上千人並不會過得比較糟，然而，最後是我承受了這一切，是我。而且沒有人詢問我的意見。

人人都有飯吃。

其餘的事我都做不來。我不知道如何同時處理工作和個人生活，只知道就前者而言，我的裝備較爲齊全，或者說我只有關於前者的裝備，而且根據生活讓我分心的程度，我或多或少是偏好前者的。

這是我不太自豪的小細節，而且只有我會注意到，但我很清楚，我知道我偏好較爲簡單、較爲舒適，不，不是舒適，這可不是在談住宅，應該說較易行的。

爲了把這些阻礙變成我的優勢，我偏好嚴竣和棘手的事物。我喜歡任何能讓我佔優勢的事物。所以……所以這就是那些夜裡，我離開你之後反覆思量的事，讓我自己悠遊在瘋狂的思緒之中。

我注意到，儘管你獨居，但在你家裡，我感受得到生活，被愛包圍的生活。在我家裡是沒有生活的。

路易，我始終不明白，你爲什麼要對我伸出援手，你也從未說明，但我知道的是，這一段冬日的休戰期對我非常有幫助。「多喝點湯才會長大。」眞正的母親會這麼說……親愛的鄰居，謝謝你的湯。謝謝你的清湯、濃湯、高湯和所有魔法湯藥。雖然我已經過了長大的年紀，但你讓我挺直了身子，挺直了背脊，拉長了一個男人的軀幹，讓我長高了……大約……一公分。

拉長了短短的一公分，還有這段和自己停戰的渴望，也許應該說是需求。

矮子丕平是法蘭克人的王。他建立了加洛林王朝，同時也是查理曼大帝的父親。好的，現在我記起來了，可以放下他了，對吧？

說實在的，矮子丕平關我屁事……

我們的跨年夜非常完美。

由於必須到總部和法國其他分公司繞一圈，感謝所有人一年來的辛勞，前一天晚上我並沒有赴宴，當天晚上也很晚才出現。（我不喜歡祝福別人，那麼做過於虛僞、世故。）嘖嘖，這個糟糕的父親還算是一間家長式領導公司的好老闆。我幾乎可以聽見後面有人在嚼舌根。是的。我的確是個好老闆。走進辦公室，爲各樓層帶來歡樂，造訪工作室，打斷節奏，進入監控室，注意每一張臉，緊握每一雙手，深入理解事物，並把它們記在腦袋一隅，銘記在心，絕不遺忘任何一人，下到停車場，向那些從來不會遇到的人打招呼，別大驚小怪，不要感到驚訝。我在這裡。我來看一眼。我來看過了。我就是您口中那個混蛋老闆，我知道的，但你們看吧：我來看你們了。我沒有忘記你們的存在，僅此而已。這就是我想說的：我都記得。

我很晚才到，甚至省去了換襯衫的麻煩，然而，你卻穿上了重大節日用的圍裙，手捧一個大餐盤，站在權當沙發的木板前。

大餐盤上放著兩個白色的碗，上方烤熟的酥皮凸成一座小山。

你清了清喉嚨，把一隻手臂彎到背後，以沉著的聲音說明：

「今晚爲您上松露湯。這道菜出自保羅・博古斯之手，一九七五年，他在一場由時任總統的瓦萊里・季斯卡・德斯坦與活潑的夫人安妮—艾蒙在艾麗榭宮舉辦的晚宴上獲頒榮譽勳章時，創作了這道料理。」

我笑了出來。因爲你穿的圍裙上印了一個有著誇大的胸部、非常粗俗且幾近赤裸的生物（只有幾條流蘇，幾條流蘇、一點青綠和幾根老鷹羽毛），她雙腿叉開，跨坐在一台哈雷摩托車上。

我大笑，你微笑。

這是我們的情調。

那天晚上你的精神很好，我們看了《萬花嬉春》。看得出來你在等我的時候已經喝了點酒。電影結束時，你低聲對我說：

「我得向你坦承一件事……」

我厭惡你說這句話的口氣。我一點也不想聽什麼坦白的話。我厭惡這種坦白。這種話讓我感到驚恐。到目前為止，我們都做得很好，沒有太多情緒化的對話，爲什麼要破壞這種和平？

「說吧。」我繃緊了神經。

「你可以想像你眼前的這個老頭子……對，就是這個人，這根腐朽的竹竿，在一九〇〇年時曾經當選哈佛 Fred&Ginger's 俱樂部裡的最佳舞者嗎？

對，一九〇〇年，年輕氣盛的那個年代……」

「眞的假的？」我鬆了口氣。

「別動，等我。」

你站起身。

「保羅（他有點醉意），你要知道，知道……你不是唯一一個爲法國出口盡心盡力的人。不，不，不！親愛的，我也是參與了推銷高盧雄雞物產的人！我也是以國家爲榮的人！別動，我讓你看看法國青蛙可以跳多高。」

不久後，他穿著一雙紅白藍三色鞋回來。

「And now（小湯匙在他那顆老人的銅顱上敲出開場鑼聲），ladies and gentlemen... Oh, no, damn, and now, gentleman only，張大你們的雙眼，the very famous 青蛙王子路易爲您獻上 very famous 的踢踏舞曲！」

然後……

瘋子起舞。

彷彿是佛瑞・亞斯坦⑨與金・凱利⑩爲我一人表演。有點生疏，有點酣醉，無可避免，重要的是只爲我一人而跳。小鐵片輕敲在奧斯曼男爵的鋪木地板上發出輕響。

哐噹、咔達、歌聲、樂聲，是的，甚至是小鐵片敲在老男爵地板上的旋律，而遙遠的某處也傳來煙火綻放的悶響。

遠遠看去（我確實是靠在深座沙發的背墊上）彷彿上演著《花都舞影》。

接著，你示範了如何隨著單音、雙音、三音……移動舞步，哦不，不能再進一步了，你再度倒在目瞪口呆的觀眾身邊。

噢，路易……你爲這狗屁倒灶的一年畫下了完美的句點……多麼完美的句點啊……

作爲這場戲的結局，稍晚，我們都沒有表示什麼，但彼此都明白，now, gentleman and gentleman，該是落幕時分了。

電影捲軸回轉，雨傘收合。

那是我第一次緊握住你的手，也是你第一次陪我走到我的公寓門口。我向你道謝，也許口氣過於嚴肅：「路易，謝謝你。謝謝你。」你揮了揮手，撥開我一身的莊嚴，直視我的雙眼，對我說：「沒事的。看著吧，會沒事的。」

我頷首示意，和第一晚那個帶著髒手的小保羅一樣。你踩著法國製造的好萊塢舞步，以動人的姿態離去——踢踏踢踏。

¶

⑨ 佛瑞．亞斯坦（Fred Astaire），美國舞者與演員，曾出演過31部歌舞劇。

⑩ 金．凱利（Gene Kelly），美國重要演員，即電影《萬花嬉春》的男主角，爲美國百年來最偉大的男演員之一。

隔天，一月一日下午，我到母親居住的高級安寧照護中心探望她。

她當然沒有認出我。就和前幾次一樣。

她盯著這位坐在床邊的陌生人看，我們在腦海中玩了好一陣子誰先笑就輸了的遊戲……最後是我打破了沉默：

「您知道嗎？我交了一個新朋友……」

沒有反應。

她沒有做出任何反應，但我並不在意。我把想說的說出口了。

至少，我這一生中有這麼一回，終於和她建立了某種默契。

於是我繼續對她說：

「他叫路易，他人很好，而且會跳踢踏舞。」

聽見自己在這個等到大腦支離破碎才總算有點人性、或多或少表現出一個母親形象的女人面前，說出這麼傻氣、這麼單純、像孩子般天真的句子，讓我既想笑、又想哭。

我感到無所適從……

我迷失了方向，無所適從。

因爲不知何去何從，我比平常多陪了她一下。感覺很好，我很自在，心情平靜。我看著她。看著她的臉龐、她的脖頸、起不了作用的四肢和雙手，對自己說：仔細看看她，因爲你不會再來了。你再也不會踏進這個房間一步。她沒有認出你，再也不會認出你了，就算認出了，也跟歷史課裡的加洛林王朝一樣，已經太遲了，不再有任何意義。

再看她最後一次，然後照路易教你的方式做。把身體的重量集中到那塊金屬上，滑步、刷拍、重踩、彈跳。發出聲響吧，保羅，讓聲音迴盪。再看她最後一次，然後把生命中不再有重量的事物全都放下。

¶

後來，戰爭再度爆發，但情勢已大幅改變。接下來的幾個星期，甚至幾個月間，我們很少遇到對方，但我知道你一直在那裡，你的善意也在。在我枯燥的一生中，這件事可能就像燭心一般微不足道，但我明白了。就像我的母親始終在那耐心等待的那間可怕的接待室一樣：好意已經傳達了。突然間，所有事情都輕盈了許多。事情仍會接踵而來，但一切都已不再相同。因爲奧戴麗已經來過了。

至於艾莉安，她沒有再回來，但我們的關係熱絡了一些。當然了，這樣的關係是以女兒爲媒介維持的。這種媒介眞是美妙。我從未給過她們一個幸福的家庭，至今依舊是個笨拙的父親，但經過這些日子，她們早已了然於心。她們心裡明白，所以也學著適應，學著照顧傻呼呼的老爸。她們會隔週來陪伴他，還有那些他沒有出差的星期三晚上，或放長假的時候，她們也會來。她們爲他著衣，帶他出門，去生態樂園或近郊的大動物園。她們教會他如何用簡訊送出氣球、煙火和飄灑的彩色紙片，教他如何解讀表情符號訊息的意義、搜尋網紅的化妝教學影片、怎麼玩牧場物語、怎麼找到小精靈、怎麼購買飛行石、怎麼建雞舍、怎麼更換大頭貼、怎麼解除陌生人的朋友關係、怎麼給有趣的 Youtuber 按讚、改掉上餐館的習慣，以及怎麼把煮得過熟的通心粉平均分給每個人。

更重要的是，她們帶他走出罪惡感，走上其他道路。一條道路、一條彎蜒的小徑、一條捷徑。一道赦令。OK，他沒做好份內的事，而且某些事再也無法彌補，但現在手戴神奇手套坐在小精靈賭場裡的人是他。

後來，我們幾乎不再見面，直到某天晚上，你又提出邀請。你在公寓門口外遇到我們，邀請我們到你家看電影。

啊，時勢！啊，風尚！壽司取代了松露，茱莉亞・羅勃茲當時還沒有爲Givenchy代言，但你仍熱愛《麻雀變鳳凰》，兩個女孩也跟你一起愛上了這部電影。

另一個新的電影俱樂部就此誕生：隔週的星期六晚間，只要路易在家，我們就會到他家裡。你把保羅・葛林莫[11]介紹給她們，她們也以宮崎駿作爲回報。你請出巴斯特・基頓[12]，她們也送上巴斯光年。你找來所有的雅克・德米[13]，她們以吉卜力回應。她們非常喜歡拜訪你的公寓，喜歡你家裡的混亂，你的手杖，你的杜米埃收藏，你的美工刀和琉璃紙鎮。她們問你：「爲什麼要把這些舊報紙丟在地上？」你輕聲答道：「因爲有小老鼠住在下面啊，仔細看……」此話一出，她們再也無法專心看電影了……完全，完全無法專心……只能騰出一隻眼爲《E.T.》哭泣，另一隻眼盯著被遺忘的舊《世界報》，隨時注意底下的動靜。

然而，我們之間的關係仍然十分微弱且模糊。我們兩個都是內向的人，也接受了同樣的教育，學會不動聲色等於有禮貌，而且我們始終害怕打擾到另一方。

特別是我，我試著保持距離。你是個做文書工作的人，我知道你經常在家工作，我對這件事抱持敬意（工作！啊，神聖的工作！）。也有一些時候你不在家。就像人們說的，狂歡夜。那是你不為人知的一面。路易，你的生活很複雜吧？我不確定複雜合不合適，也許該說有很大的反差，是的，反差。

基於這幾個原因——你的資料、你的獨身主義和你的時隱時現——我本該在上一個休戰期喊停，本該就此感到滿足的，但我們的皮鞋又一次讓我們與原本的教養背道而馳。

⑪ 保羅・葛林莫（Paul Grimault），法國動畫大師，最經典的作品為《國王與鳥》。

⑫ 巴斯特・基頓（Buster Keaton），美國重量級喜劇演員，因不苟言笑的表演風格而著名。

⑬ 雅克・德米（Jaque Demy），法國導演，曾將《凡爾賽玫瑰》拍成真人版電影。

我不記得從什麼時候開始，也忘了是怎麼開始、誰先開始的，後來，我們在孩子們的老鼠和壽司之外，又建立了另一套老男人儀式。每個星期天晚上，如果我是一個人，你正好也在「守齋」（這是你的用詞）時，我們就會一起爲皮鞋上蠟。

就像開車時你的眼裡只有永無止盡的道路，就像在道阻且長的山中小路健行需要時時注意腳步，就像用力折斷四季豆兩端的蒂頭後一定要去絲，就像兩人同時進行任何形式的手工藝，事實上，爲鞋子上蠟是一種理解對方的美妙方式，不需吐露任何祕密就能做到。

我們解開鞋帶、除塵、上油、塗開、浸潤、滋養、上蠟、摩擦、輕刷、拋光、上色再重新裝上鞋帶。然後在意外的、偶然的情況下，因爲這些動作分散了我們的注意力，形成一種僞裝，我們才得以意外地（我這麼認爲）聊起來。

一開始，我們的話題始終繞著各種商品（我們的鞋子，過去、現在、未來），後來聊起工作（週間的工作，過去、現在、未來），最後再談到生產力（上帝、生命、孤獨、死亡；過去、現在、未來）。

我們花在談論皮革的力氣跟我們保養它時一樣多，最後進行拋光的工作時，我們經常已經離現實很遠了。

一雙擦過一雙，我們學會理解對方的機制與運作模式，然而，謹慎的我們總是會刻意忽略，不……不是忽略，也不是迴避，我們會尊重，或者遵守，對，就像遵守規則、儀式或是齋戒的原則，我們也是，遵守彼此的戒律，從不弄髒雙手。

我們熟悉住在對門的機器，可是卻從不追究彼此如何燃燒、使用什麼燃料和磨損的程度，現在想起來著實遺憾。

你逝世的消息對我來說是極大的打擊，我為此後悔不已。

路易，我甚至不知道你生病了。我不知道你已對抗病魔多年。我就在那裡，住在對門的公寓裡。我虧欠你太多了，願意爲你赴湯蹈火。但我什麼都不知道。

你是我唯一的朋友、我遲來的朋友、我夜晚的朋友、我的隊友、我的哨友，也許是我幻想的朋友，但終究是我的朋友。你是我沒有時間認識的朋友。

（我本來寫了「珍愛」，最後又改變主意。）（眞蠢……）

你是我沒有時間珍惜與愛慕的朋友。（如我所言，眞蠢。）

兩年很短，而且我們並不常見面。扣掉看電影的時間、和女兒在一起的時間，再扣掉來回上色抛光和出於禮貌的寒喧，我們在彼此身邊的時間最終加總起來實在不多……

你的死訊對我來說是個沉重的打擊。

你經常會突然消失。有時會消失很久。你告訴孩子自己去了鄉下，帶老鼠們去散步。可是有一天，你沒有再回來。

有一天，你一直沒有回來，另一天，露西，我的小女兒，從蘿兒，她的姐姐，從艾莉安，她的媽媽，從瑪歌，她們的保姆，從費爾南達，我們的大樓管理員那裡得知這個消息，要我別再期待重看《螢火蟲之墓》的日子了。她說，你也去了天堂，再也不會回來了，可是……可是那些小老鼠該怎麼辦呢？

我透過念珠般的一串女人得知了你的死訊。

我是你的朋友，可是卻從管理員那裡得知你的死訊。

大富翁，這一巴掌可真響啊。

大老闆、掌握年節禮金的財主、發小費的老爺，這一巴掌打得可真響。

這是一記實實在在打在臉上的耳光。

你看，你直到最後都還在教育我……

後來，有傳言說你是……你是自我了結了生命。我對這件事毫無興趣，絲毫不在意。我對你感激，甚至更加尊重你了。自殺也是我幻想中的朋友。內心自責的重量，幾乎使我再次失去你給了我的那一公分。

想到你可能爲了結束痛苦而在自己身上加諸更多痛苦，這樣的想法折磨著我。我或許可以，我應該要，我多麼希望能夠幫助你。無論以什麼樣的形式。任何一種方式。

我可以追問更多你離開舞台時的細節，但我並不想知道。你想離開，而且也確實做到了，這對我來說就足夠了。對我來說，這就足以安慰我了。

¶

路易，

某天，你帶著老鼠去了鄉下，某天，一個小女孩哭著告訴我你的死訊，某天，好一段時間過後，有人來整理了你的公寓。當晚，一個滿身汗味的胖男孩按了我家門鈴，把一個紙箱交到我手上。我認出你的字跡，上頭寫著：**給對門公寓的鄰居**。紙箱裡裝了一個葡萄酒木盒。

歐布里昂教會堡，作為你第一個任務的紀念。

盒子裡沒有酒，因爲我們兩個一起喝了，但裡面放了兩個上色用的馬毛刷（一個用來上深色鞋蠟，一個用來上淺色）、兩個拋光用的豬鬃毛刷、兩個牙刷大小的山棕豬鬃毛刷，用來清理鞋邊沿條和一些藏汙的凹處，還有四罐清潔乳和四罐搭配使用的鞋蠟、一瓶滋養乳、一個橡皮整理刷、一個麂皮刷、索米耶爾黏土和一條自舊襯衫上剪下的軟布。我看過你穿那件衣服，因此認出了那塊布。也許衣服也沒那麼舊，但柔軟的程度是可以肯定的。那塊布的輕柔是你向我道別的詞句，是你不能或不願寫下的告別信。

它的柔軟讓我情不自禁用來擤了鼻涕。

路易，我難以接受你的不告而別，難以接受。直到現在，我還是不知道哪一邊受到的傷害比較大，是我的尊嚴，還是我的那塊脂肪（是心啊，傻子，是心），但我在這封信開端所寫的那個狀態中浮沉了許久。我前面說那是個什麼東西？一根楔子。沒錯，就是這個，一根楔子。一根往我的頭骨裡釘的楔子，從最頂端、正中間頭骨拼合的囟門釘入。

我長期爲偏頭痛的問題所擾——你看過我爲此倒地，看過我雙手抱頭，倒在你的鋪木地板上；看過我在報紙鋪成的床上像個大沙袋般滾動，也聽過我苦苦哀求，要你閉上嘴，關上所有聲音，切掉所有電源，要你關燈，不要動，不要碰任何東西，要你把一條浸了冰水的毛巾敷在我的臉上。疼痛緩和下來後，你聽我解釋這種疼痛就像眼球摘除術，我的眼窩裡有個小惡魔拿著一把很深、邊緣峰利的湯匙，用盡所有力氣轉動手柄，向右轉了一圈，又向左轉一圈，緩慢地、確實地把眼珠挖出來。這種危機經常來得很突然，無情的、凶猛的攻勢足以讓我把頭打爆十次、百次——是的，我長期爲殘忍的偏頭痛所擾，而現在，光是這樣好像還不夠，我的腦袋裡還多了你的死亡帶來的折磨，而且……

我去洗個澡，馬上回來。

滾燙的水
良久、漫長、徐緩

消融
排解
溶合
刮磨
液化
清除

老傢伙，清乾淨。全部清除。

好多了。

天亮了。我得加快速度。

路易，我剛才提到如入地獄般的疼痛不是爲了抱怨，而是想藉此重新站起。

我沒有時間咬文嚼字了。我兩個小時內得離開，現在卻還包著浴巾。

我沒有時間做任何事了，我得重新站起來，在餘燼上撒些灰，拔營離去。

我的雙腳，你還記得嗎？我——複製、貼上——「正好跟一位有教養的女士描述了我和你在清晨與對方擦身而過的故事（以後再告訴你是在什麼樣的情境），並強調這樣的相遇給我帶來莫名的安慰。」

沒錯，就是她。就是那個會在半路攔截普魯斯特、逼問他是從蓋爾芒特夫人那裡或是小便池回來的女人。

正是因爲她，你和我，我們才有機會共度這個夜晚。

是福或是禍，我也說不上來，但可以肯定的是，沒有她，沒有她的冷嘲熱諷，沒有她的明察秋毫，沒有她的天賦，沒有普魯斯特和莫朗，我就不會這麼做。

沒有這一切，我就不會敲那扇死人的門。我會停留在我的〈無題 1〉和那句「你太可惡了」，不會再與你攀談。或是盡可能減少接觸。

我不確定這麼做你會有什麼好處，但至少這一次我不會用難聽的話與你道別。

路易，你不是個可惡的人。你一點也沒有給我造成困擾。

那麼，關於情境。

我們談談那個情境吧。

我當時在機場。噢是的……命運。偏頭痛在倫敦希斯洛機場偌大的航站大廳裡發作了。

噪音、聲響、人潮、處處燈光、霓虹、登機廣播、音樂、旅客、氣味、引擎、機器、安全檢查門、嗶嗶聲、色彩、移動、波動、警報器、咖啡機、暖氣、冷氣、叮噹聲、電話鈴、尖叫、笑聲、孩子，我以爲我會當場痛死。

我站在一根柱子後方，額頭頂著它，準備退後一步然後一頭撞爛它，彷彿那是顆蛋，是顆橄欖，是個爛南瓜，是個待剖的椰子。

我喘不過氣，汗如雨下，不停發抖。我鬆開扣子，渾身打顫，我……

再度清醒時，我已身在醫院病房。

細節就不多說了，但對我來說就像經歷了一場不怎麼光榮的格鬥。最後保險公司和銀行要求我接受身體檢查。我得光著身子接受搜身。我得交出科學證據。總而言之，就是自我檢測。

一次又一次的諮詢，我總是坐在一個女人面前。

那個女人。

我沒有什麼好說的。

前兩次的諮詢我什麼都沒說。

直到第三次——由於我沒有配合診療的意願，我們決定那將會是最後一次諮詢——她狠下心警告：

「其實，如果您認爲心理治療對您來說是一種侮辱，大可跟我那些最堅持、最不願讓步的病患用一樣的方式看待我，那些被稱爲瘋子、神經病、傻瓜、呆子、拿破崙，或其他隨你要怎麼叫都可以的人。你知道他們怎麼叫我嗎？」

看著她那驕傲難搞的模樣，我腦海第一個浮現的名字是喬瑟芬。但我終究沒敢說出口。

「他們叫我頭腦醫生。」她笑著回答。「您來找我的原因是什麼？（眼鏡下的眼神瞟了一眼桌上的檔案）哦，對……是左膝蓋……」

哈哈哈。眞是幽默。這位醫生還能扮小丑。

我沒有回話。

她嘆了口氣，闔上我的病例，拿下眼鏡，對上我的視線後，用尖銳的眼神盯著我，目光如炬。

「保羅・凱利—朋帝厄，聽好了。您浪費了我很多時間，這次的診療就到此爲止。您不用擔心，我會簽好所有的收據和證明書，您可以回到戰場上。我會替您做好這些，把您送回前線，看起來這就是您想要的。但是，我跟您一樣，我也有職業道德，所以我要給您這個……」

她再度戴上眼鏡，敲了敲鍵盤，彎下腰從印表機取出一張紙遞給我。

「拿去吧。可工作證明。出門後往左走就有一間藥局。請到櫃台結帳。再見。」

她在我閱讀處方籤時站起身。

醫療護膝一副。

她站在那裡看著我。

我坐在椅子上看著我的膝蓋。

我開始感覺到頭痛。

我好想哭。

好渴。

好熱。

於是我開始向她傾訴，避免自己哭出來。

我情願打開話匣子，也不要爲淚水打開閘門。

我情願張著嘴死去，也不要在這個陌生人面前滴下一滴眼淚。
於是我張開嘴，吐出了你的名字。
然後，我……然後什麼都沒有。
她也沒有任何回應。大概是爲了表示尊重吧。她看著我在跳水板的邊上兩腳交互彈跳，克制住從背後推我下水的衝動。人眞好。
經過漫長的兩、三分鐘後，她還是輕輕推了我一下。
「您有耳鳴的問題嗎？有聽力的困擾嗎？」
「不，不，」我流著淚笑了，「路易。我是說我的朋友路易。」⑭
嚎啕大哭。抱頭痛哭。
「我馬上回來，」她說。
她走出辦公室，拿回一捲廚房紙巾遞給我。

⑭ 在法文裡，路易（Louis）和聽力（l'ouïe）的發音相同。

「對不起，我只有這個。」

「謝謝。」

我把臉擦乾時，她在我身旁的扶手椅上坐下。

我們都沒有出聲。

接著，她開口了，彷彿那是件非做不可的事。她說的不是：是……當然……路易啊，所以……這個路易……您的朋友，您說……眞有意思……可是呢……可是怎麼……可是……有的沒的……您經歷了這些。

不。

她盯著我的雙眼，以沉著的語氣表示：

「我四十五分鐘後有另一個病患。現在要做什麼？」

她跟我談程序、排程和效率，用我熟悉的字眼來對付我。

所以我跟她談你的事談了四十五分鐘。

我不太記得自己說了什麼，大抵是關於你那既強烈又難以捉摸的存在感，彷彿身在此地卻又像漂流他方，以及你那態度大方卻又小心謹慎的個性。還有你爲我做的一切、你在我身上投下的震撼彈。那些被你沒收、讓我無法說出口的道別。你對我、對自己和對我們的友誼缺乏的自信。還有因爲錯過了你，而不斷責怪自己，揮之不去的厭惡感。與你擦身而過。背叛你。背叛了我自己。淪爲失敗者。

淪爲失敗者。

我也說了關於身爲獨生子的事，關於也許我把理想的手足形象投射在你身上。我夢見你、創造出你、塑造了你。我哀悼的不是你，而是我自己。其實，讓我哭泣的是許多事物的消亡。包括你、我們的友誼、我的父親、作爲叔叔和我的女兒相處的你、我身爲父親的職責、我與親人的聯繫、我的童年、我的青春和我終究被剝奪的生活……而後，我又說了更多關於你的事，你的神祕、你的來去無蹤、你的沉默，還有那些早晨你帶來的遐思，在我把自己關進一輛黑色加長、有如靈車般的車子裡，前往那個極度自由卻抹殺著我的自由的世界，那個我極力守護的世界，那個四代傳承、由許多善良且真心的男女共同建起，如今卻連掌控者都面臨崩解的世界時，你卻彷彿從另一個自由／放蕩／縱情的世界回來。這樣的遐思也隨著你的逝去消亡了。

「沒錯，」我再次確認，「就是那個身影揮之不去。清晨的身影……看似英挺，卻又好似經歷了一夜折騰，被疾病、孤單和……我也不知道。」

「聽起來很像保羅・莫朗在呼喊普魯斯特……」

我沒有回應。我情願被當成呆子，也不要當個傻子。

但她可不是省油的燈。她直視著我的雙眼，久久不肯移開。時間久到足以讓我了解，是啊，是的，唉，就是這漫長的幾秒，我了解到自己是最糟糕的那種呆子：既呆又傻。在這件事情被徹底釐清以後，她貼近我的臉頰，用美麗低沉的嗓音補了一句：

「普魯斯特……您昨夜去了哪個晚會，才能帶著如此疲憊而清醒的雙眼回來？在不為人知的情況下，遭受了什麼樣的驚嚇，才會帶著如此放縱卻良善的心回來？」

一陣沉默。

她：大概就是這麼回事，不是嗎？

我：……

她：沒有什麼要說的了嗎？

我沒有開口。

她又看了我一會兒，站起身，揮了揮手，示意要我跟上，陪著我走到了門邊。

「您可以再跟祕書確認要不要再跟我見面，但在那之前，讓我說幾句重要的話。」

我沒有在聽。

「您聽到我說話了嗎？」她再次確認。

「不好意思。我在聽。」

「每個人都活過，每個人都經歷很多事，然後死去，正因如此，您……您還在聽我說嗎？」

「是。」

「每個人都曾經活過，在他們死後，唯一會留在我們的回憶裡的，唯一一個重要的、會陪伴我們左右的，是他們的善意。」

「……」

「您不同意嗎？」
「……」
「與其緊抓住那個人沒有給您的事物，不如多說一些他做的好事。」
「跟誰說？您嗎？」
「如果您還想再來，就跟我說，如果不會再來了，就跟他說。」
「可是他死了。」
「他死了嗎？」
「……」
「噢不，他當然沒死。否則您早就把他埋葬了。」
「他知道的，他的善良。」
「他知道嗎？您確定？」
沉默無聲。
「我不會寫東西。」

「我沒有要您寫，只要說。就像剛才跟我說話一樣，只是對象變成他。想像他就坐在您的面前，不要想太多，只要跟他說話就好。」

「……」

「跟他說說話，然後道別。」

「……」

「我平常沒有那麼強硬，可是我知道您不會再回來了，我不想在沒有通行證的情況下，就把您送進敵營，也就是您自己的心裡。」

「……」

「把所有想說的話都告訴他，然後放下。」

「聽起來很深奧，」我給自己找了藉口，皮笑肉卻不笑，「您真的是醫生嗎？」

「不是，可是（直率的微笑）您不會跟任何人說吧？我只是試著隨機應變，而您，1714號病患，您根本就跟精神科扯不上關係，只是需要找人說說心事而已。」

「……」

「保羅，您把自己逼得太緊了。這個狀況是您自己造成的。別這麼做。讓事情簡單一點。把事情說出來。好了，您該離開了。我還有工作。」

我再也沒有回去過。

¶

司機已經在樓下等我了。我得穿好衣服。我得走了。

路易，

你看到了嗎？我又站穩了。

有人告訴我你死了。有人要我把你埋葬。而我自己剛才也說，我會在離營前把灰撒在餘燼上，然後……

沒有然後。我不會離營的。我一點也不想把你埋葬。一點也不想。

我不敢要你跟我吻別，不敢要你抱緊我。我……

好了。我該走了。

男孩

1

那天，我喝得爛醉如泥，差點就錯過了火車。從聖讓德呂茲上車後，我花了很久的時間才找到我的車廂，緩慢而艱辛地穿過漫長且陡峭的走道，最後終於找到座位（列車已經開到比亞里茲附近）。那時我才發現，接下來的五個小時內，我都要被關在一個他媽的小方格裡，而且我的位置甚至與行進方向相反。

算了。

我抓著座位上的頭枕，抓了好一陣子。

爲了撐住身體、避免嘔吐，也爲了可以蜷縮著思考並咀嚼這個情況的利弊。

（四方型座位設計，四人面對面繞著桌子坐，幹。）（家庭座。）（而且靠窗。）（離用餐車廂很遠。）（簡直就是拘束衣啊。）（醒酒室。）（牢房。）

噢，聖母瑪麗亞。噢，愚蠢的驢子。

我剛才說到哪了？噢，對，我縮在地毯上。有個人拉著行李箱從我身上輾過。

哎唷。

我蹲在那裡，醉得不醒人事，醉到翻，我疼痛呻吟，最後在稍遠處的兩個空位上躺了下來。

沒想到這可惡的老太婆第一時間就把我請走。

我只好爬上對面的座位。當列車駛進貝雲站（也可能是達克斯）時，一個陌生的聲音，有點困惑地詢問我是否搞錯了座位。唉，命運弄人。

淒淒慘慘淒淒。我已經連續三天沒闔眼了，光顧著吃喝玩樂、乘風破浪。我游了泳，我把一個哥兒們送進愛情的墳墓，把他送進我前女友的懷抱，我唱了歌，跳了舞，笑了，喝了酒，抽了菸，開了不少玩笑，我吃了一點那種東西，觸動開關，嗨到最高點，棲息在高處，悠遊在銀河之間，我給自己捲了一根辣椒口味的大麻，摔斷牙齒，掉了下來，落魄至極。我在堤防邊上昏睡，又跟表妹在車站的吧台喝了一杯，起身時順手往她的小妹妹刷了一下，我道了歉，跳上第一輛列車，頭暈目眩，糊裡糊塗，爛醉如泥，感覺身體裡有什麼東西在發酵，彷彿得了黏液瘤。我重新計算牙齒的數量，拼命想從記憶裡挖出犬齒、頭髮、皮帶、機車鑰匙、手錶和尊嚴。我也跟雙胞胎弟弟視訊，請他幫我一把，可是訊號太差，而且我也不想再一次被人從爛醉中挖醒，只好乖乖地回到我的銀座，哦不，我是說座位上，沒有再多要求什麼。

我踩過家庭座上其他三人的腳、半坐在他們的膝蓋上擠進我的小位置，惹怒了每一個人。

我蜷縮在扶手上，頭靠著柔軟的窗。

嗯……

好舒服。

縮起你的小腳腳，躺到軟綿綿的被被上。奶奶都是這麼說的。

被貝雲站（或是達克斯站）那個奇怪的生物吵醒後，我雖然又閉上了眼，但並沒有馬上睡著。

我半睡半醒、胡思亂想。我試著耍廢，但不能太廢，避免自己開始數羊。

我覺得很舒服，像隻小貓呼嚕嚕，隨著列車搖晃，火車行進的聲音宛如一首搖籃曲。

這三天來我豪飲狂吃，現在身在採礦雲霄飛車上。我噴出灰煙，寂靜安詳地匡噹匡噹前行。

在遙遠的那端，另一顆星球上，我聽見耳機裡傳來不同步的雜音，是眞實的生活中，眞正的人們發出的聲音。

我在瘋狂的少年時代當過 DJ，可以爲自己混一首搖籃曲。我取用了 12 號車廂裡的聲音，加上普拿疼和消化發泡錠，結合成一首帶有禪意的樂曲。

火車沙發音樂。

2

我穩穩地坐著，雙手環抱著自己，回憶這個週末的美好時刻。

這三天以來，我把自己梭哈了。一方面是我已經過了那個可以恣意妄爲的年紀，另一方面，我總有一種錯覺，感覺那也是我的單身派對……（脂肪多到穿不下舊衝浪衣）（體重重到站不上衝浪板）（動作生疏到爬不了大浪）（肢體僵硬到不斷歪爆①）（年紀小到還不能死）（年紀大到對參加比基尼大賽的小妞們毫無興趣）（體力差到不勝酒力）（身材肥到不夠格當脫衣猛男）（瘦到不夠格讓新娘的父親後悔）（速度慢到不能打巴斯克回力球）（醉到無力伸出鹹豬手）（累到無法盡歡）（情緒低落到像個笑不出來的小動物）（什麼都太過）（什麼都不夠）（一事無成）是啊，我常有這樣的感覺，已經過了可以自我安慰的年紀了。我老了。

蒼老、暗沉、悲傷、汙濁。

巴黎消磨了我最好的一切。

我三十三歲，跟那位鬍子和頭髮都多得多、已經完成很多大業的男人同齡。主耶穌啊，該是時候讓我接手自己的命運、展現奇蹟了吧，否則在這火車裡要送進墳墓的就是我的一生了。

我剛才說了，我正在做白日夢，微笑著回播這個週末的精彩片段。

……去程的路上坐在納坦的車裡……兩個從共乘網站上找來分擔油錢的男人。在奧爾良門上車的派特斯（派特）和在普瓦捷上車的默默（穆罕默德）

（眞是對不住鐵鎚查理了，朋友，眞抱歉。②）

①「歪爆」在衝浪文化中指因失去平衡而跌落水中，爲英語 wipe-out 之音譯。

我們給派特評分時，音樂的部分是「完美」（他的手機音響很厲害）（摩城唱片一路嘶吼）；聊天的部分是「很好」（他不說話）；待人處事的部分是「不錯」（他請我們喝了一杯咖啡）；駕駛的部分是「失望」（他的駕照點數已經被扣光了）；還有外型是「應避免」（長及小腿的褲子，天氣熱時可以拉開拉鍊變成短褲）。至於默默，所有的欄位都是「完美」（從上車到下車之間，一路睡死），只有歌唱合音能力令人「失望」（他打呼的程度連至上女聲三重唱也受不了）。

Their heart can't take it no more.③

……阿俊的單身派對……帥氣的男孩們在比亞里茲大飯店晚餐。所有人都打扮得像個紳士，沿著濱海大道走到潘朵拉俱樂部豪飲。最後，一名穿著單薄的女子把我們的領帶打開，用她的方式把我們全都綁在一起。

我在夢中咯咯笑著。

……卡蜜兒現身……我的卡蜜兒，我心愛的卡蜜兒，牽著父親的手，走進我們第一次約會時來過的村莊教堂。那時，她的母親爲我們準備了房間，厚重棉被上帶著薰衣草味，床邊的小桌上放了玫瑰花。美麗的卡蜜兒。多麼漂亮的卡蜜兒。我那迷人的卡蜜兒在管風琴的樂聲中走了進來。

我的卡蜜兒穿著白紗出嫁，但這淘氣鬼早已不是處女了。我很清楚，我想她的母親也早已了然於心。那天早晨，她一句話也沒對她說。

……走到祭壇時，她從準丈夫的肩上送給我一抹微笑。

② 西元 732 年，擔任法蘭克人宮相的查理．馬特（即鐵鎚查理）在普瓦捷戰役中驅逐了阿拉伯軍隊，爲伊斯蘭教勢力侵略伊比利半島後吞下的第一場敗仗。

③ 至上女聲三重唱（The Supremes），美國女子音樂組合，是1960年代摩城唱片旗下的頭牌藝人。這句英文意指「他們的心再也無法承受了」，出自她們的著名歌曲〈My Heart Can't Take It No More〉。

溫柔。幸福。殘酷。

她和我跳的最後一支舞、我從她的髮髻上方送給她的新任丈夫的微笑……有點鬆開的髮髻。有點鬆動。

溫柔。幸福。殘酷。

……海灘上的日子……陽光、海浪、朋友。其中一些是青梅竹馬。從小一起撒網的小蝦團隊。

游泳、歡笑、胡扯、烤肉、夾了當地特產火腿和歐娑伊哈提乳酪的三明治，還有爲愛情、爲新人、爲綠帽子、爲生活舉起的粉紅酒。

我們乘風破浪出戰，回程卻像隻落水狗。落敗、累癱、狼狽。夾著尾巴和垂頭喪氣的衝浪衣回來。

……在童年的堤防上最後一次釣魚，在那些讓媽媽們歇斯底里的岩石間跳水。

……在我們做了好事後，因爲興奮和害怕而顫抖的我們必須面對的、今日已不在的母親。把我們罵到耳朵生火，藉此讓我們變藍的嘴唇恢復血色的母親。因爲和外燴師傅起爭執（缺了幾箱香檳）（嗯哼……）又回到租借的莊園去理論的阿俊的母親，還有因爲去年冬天被一隻惡毒的巨蟹帶去了另一個世界所以沒有出席婚禮的我的母親。

……我的母親是新郎的小學老師，沒有她的教導，這隻笨驢可能永遠也寫不出這麼長、這麼美的演講詞。他在切蛋糕時又提到這點，硬是把我們的眼淚逼了出來。

……離開前和阿俊與他的室友一起吃的最後一片鬆餅。我們緩慢地、仔細地舔淨手指，雙眼釘在一班享受著美好時光的西班牙女孩身上。

沾滿了鮮奶油和海鹽的手指。

……我們的……

默默和至上女聲三重唱的事就當我沒說吧，我想我是被自己的打呼聲吵醒的。

我聽不見自己的夢了。

我的眼皮沉重得張不開，我用雙手搓了搓臉，藉此抹去疲憊，這也才從我手掌的溼度發現，我肯定在兩個飽嗝和三個醉嗝之間流了不少汗。

嘿。帥氣的喬。

我張開眼，又立即闔上。

蠢豬。

我的面前坐了兩個女孩。一個醜女立即笑著低下頭，另一個絕世美女盯著我看了一會兒，才在嘆氣聲中戴上耳機。

蠢豬。

醜女不打緊，但美女糗死我。

我試著在半夢半醒之間再小睡了一下，好讓自己有重振的力量，裝出一張大致可行的殺手臉，抓緊手中的卡牌，再次回到遊戲之中。

我調整了坐姿，挺直身子，把襯衫塞進褲頭，整了整領子，然後順了頭髮（僵屍口水製成的髮膠，品質保證），把眉毛梳齊，用舌頭舔了舔因爲酒精和浪花而乾燥的嘴唇，準備好出擊。

雙手擺在膝上，最後再加上一點點的輕蔑。堅定的眼神，往獵物直射的微笑。

我說的當然是那位大砲型的美女。另一個根本沒什麼好獵的，更別說她已經把自己埋入書裡了。

問題是，我雖然唇乾舌燥卻急著尿尿，但我實在不敢再用身體分泌的液體來引起注意。

所以我只能一心一意全神貫注，但我的心卻不在。心在膀胱裡。男孩，你不夠專心。一點也不專心。或者很專心，可是情況不妙：小彈珠對我漠不關心，大砲則是忽視我。

好的，情況不妙，OK。總會遇上的。

但這也不是唯一的原因。還有另一件事困擾我……

我的母親，剛才說到切蛋糕時提過的，她是小學老師。

她是個偉大的老師，師法一日爲師、終身爲師，一生認爲道之所存、師之所存。

書是家裡的資產。重要的資產。直到今日，書對我來說都是極爲重要的東西。

在我這蒼老、幼稚且殘破的靈魂所居住的破屋裡，大多數時候，書籍和文化，這兩者都能替我清除髒汙，給我支持，甚至自我有記憶以來，便日日爲我建起守護牆。

可是現下，我的眼前有件事進不了那座牆：那位美麗的女子（無瑕的肌膚、小麥般的膚色、瑪瑙般的雙眼、完美的鼻子、令人愛不釋手的小嘴、誘人撫觸的髮絲、引人下地獄的酥胸、索吻的臉頰、索吻的雙唇、索吻的脖頸、索吻的手腕、索吻的雙手、索吻的雙臂和受……受上天眷顧的身軀）讀著一本糟糕至極的書（我讓你自行想像最糕的狀況）（不、不，比你想的還糟）

（大致是僞精神導師寫的僞小說，標榜可以幫助你療癒心裡受傷、脆弱的那一面的那種書），反倒是那醜女（平胸、蒼白、消瘦、穿著低俗、髮絲微綠、嘴唇內縮、雙手粗糙、指甲暗沉、眉毛穿洞、鼻子穿洞、手腕刺青、耳朵帶洞、軀體讓人敬而遠之）在讀著德拉克洛瓦的日記。

噢，丘比特啊！噢，調皮的孩子！

小屁股，你爲何如此戲弄我。

你眞是愛捉弄人啊，看看你是如何玩弄你那手無寸鐵的獵物。

美女每讀一行字就會看看手機螢幕，彷彿這麼做能幫助自己理解，而那醜女則是咬著右手大拇指的（黑色）指甲，翻閱著日記，與外界隔離。

在看到她的嘴唇也慢慢變黑後，我才明白她手指裡的黑漬不是汙垢，而是墨水。大概是寫毛筆字用的那種。是的，毛筆字用的古墨汁。一大本權當書架的活頁螺旋筆記本，一個骯髒的筆盒在窗邊開著口。在眾多的不諧調間，這兩件事竟看似和諧。這人至少是找到了一個眞正的心靈導師。

好的。

尿尿去。

我打擾了小方格裡的所有乘客，前去小解。

洗漱完畢後，我的褲管也跟著雙手一起溼透（這些廁所實在太擁擠、太骯髒），更想不到的是，我竟然把廁所的門推到女神的身上。

帥氣的喬，又來了。

我道了歉，她沒有理會，逕自走往用餐車廂。

我也跟了上去。

3

雖然看的書很沒格調，但她的長相的確很可口，所以我還是決定使出絕招對付。

像我這樣一個好男孩，絕招都是從身爲女人的母親和身爲女性主義者的父親那裡學來的。我懂得分辨 **Dior** 的香水、自己犯下的錯誤和來自尼斯的口音，還是一個剛在海邊度假三日、正準備回家的人。所以請相信我，絕對能馬上手到擒來。

嗯，「馬上」也許不是最好的詞。老實說，還是得付出不少物質（知道火車上食物價格的人肯定會同情我）和精神（請再多一點同情）的代價。是的，請再多一點同情，畢竟這可是一支爲獵物而跳的舞。好的，我使出全力恭維，好的，我跟妳聊聊那本廢書，好的，我聽妳說說如果不想當一個總是被操控者和 **PN** 盯上的獵物，就得先安撫自己心裡正在受苦的內在小孩。好的，我……

「PN？」

「自戀的變態（Pervers narcissiques）。」

「噢，好……」

好的，我們再聊聊這個，好的，妳的內在小孩總是會挑大餅吃，好的，我不敢拿出口袋裡的餐券，擔心被當成大老粗，好的，我送上一些讚美，讓妳笑得如花綻放，如銀鈴輕響，好的，我也會讓妳的眼淚失守（是的，我的母親在聖誕節去世了，我這趟回家是到她的墳前看看……是啊，很悲傷……是啊，我放了紫丁香……她最愛的花……是啊，很快就會謝了，但心意更重要……是啊，妳實在很愚昧但也很可口，是啊，我實在太蠢了但也很有料），好的，我碰碰妳的手臂，好的，我幫妳把一根髮絲挪到耳後，好的，我看起來被妳迷得神魂顛倒，好的，我結巴了，可是……就算我因爲情緒激動而結巴，妳發現了嗎？可是……可是妳才是主宰這場遊戲的人嗎？等等，我好像有點被迷惑了……妳能借我那本書，幫助我走出心靈的困惑嗎？拜託……拜託。如果哪天我們結婚了，妳一定得把它放進嫁妝裡，好嗎？妳眞美……妳叫什麼名字去了？莒絲汀？跟薩德侯爵的那本書一樣？不。沒事。莒絲汀，妳眞美。跟我來嗎？一起走？不不，不是到我家，沒那麼快，是回我們的座位。

妳怎麼停下來了？

噢？妳打電話嗎？給誰？給婚紗店？不，是妳的男朋友。

噢？

妳的男朋友。

噢，好吧。好的，那麼，我先走了。親愛的公主，妳還是可以給我電話號碼吧？我們可以……可以交個朋友。

Fuck。

我回到家庭座上，有如昨日的退潮時分：被潮水清空、打量、沖走。手臂下藏著我老大不小的年紀，雙腿間夾著我的尾巴。

可惡……她真的是上等的貨色。

而且我很需要一個擁抱……特別是今晚……

我可是參加了自己未婚妻的婚禮啊，馬的。

這時，我的德拉克洛瓦聖女已入睡。

我在她的面前坐了下來，在逆光中觀察她。

她讓我想起《千禧年三部曲》中的莉絲．莎蘭德。

身上各式各樣的金屬和哥德龐克的徽章讓她看起來有點糟，但睡夢中的她卻像個小女孩。

熟睡的洋娃娃。PN 的夢想。

我試著在心裡改造她。我拭去她的濃妝，拿下所有的環扣，抹平所有的穿孔，改變她的髮色，剪短她的頭髮，脫下她的衣服，幫她穿上新衣服，除去她的刺青，滋潤她的雙手。

我爲她做了一個畫架，架起我的畫布，在把畫筆浸入顏料前用舌頭舔了一下。

我專注於修改一幅畫作。

另一個風騷女郎遲遲沒有回來。是在跟他說我的事嗎？

天啊……亂七八糟。

嗒啦啦！帥氣的喬，復仇成功。

親愛的，你知道嗎？我剛才遇到一個人，我們一定得談談，因爲我覺得我身體裡的內在小妹妹現在非常非常需要她的奶嘴……

或者，她正跟一個尼斯的閨蜜在聊我的事……當然，我發誓……就是那樣，在用餐車廂裡……對啊，就是牆上有去顫器的地方……對，眞的……對啊，我剛才跟你說過……一個顏值超超超高的巴黎人……Visa 金卡、白襯衫、小麥色的皮膚……而且還是個孤兒，可以想像嗎？嘿，就像……他眞的讓人臉紅心跳，忍不住流口水……很不賴吧？嘻嘻嘻……你說什麼？我有沒有給他電話號碼？你瘋了嗎？巴黎人就跟尼斯的豆餅一樣，得當場吃得十指油膩啊……嘻嘻嘻。

嘻嘻嘻。我在自己的廢話波浪中搖擺，沉沉睡去。

4

「香森！香森！你該下企啦！該下車了！不藍會被帶到杯站去，你基刀的。」

一名塞內加爾步槍兵（不，我這是成見，一個身著咖啡色制服，頭戴紅色帽子的黑人，列車的清潔人員，可是我不知道該怎麼稱呼他才不會聽起來像個有種族歧視的白人。）（就說他是索馬利亞來的莉莉的表哥吧④）（這麼說似乎又有點政治不正確，可是用一首我媽很喜歡的歌輕輕帶過好像也很好。我媽趁著孩子們在還很相信老師、學什麼都很容易的年紀，把這首歌傳給了下一代。）

好的。重來一次：

「先生，先生……該起來了。已經到巴黎了。」

哎唷，我全身痠痛。哎唷，我好冷。哎唷，天黑了。哎唷，我是唯一一個還在這個幽靈車廂裡的乘客。

吸塵器的聲音震動著我的耳膜，我擠了個鬼臉，嘆了口氣，拉了拉有若砂紙般的雙頰，抖了抖身子，就在準備要離開這受詛咒的座位時，發現桌子上放了一張紙。

那是一張從筆記本裡撕下來的紙。上面畫了東西。是我。

是我在睡夢中微笑。

是我對納坦、派特、默默、阿俊、卡蜜兒和所有還在世的朋友表達謝意。

④ 出自法國歌手皮埃爾・佩雷（Pierre Perret）的歌曲〈Lily〉，歌詞講的是一個來自索馬利亞的美麗女孩，莉莉。

感謝他們還活著。

我看起來多麼帥氣啊……哦不好意思，是那畫像很帥氣。帥到我幾乎認不出自己。

當然了。那是我。快樂的我。一個已經消失了幾個世紀的我。一個事實上沒有那麼老的我。也沒有那麼呆、那麼假。那是眞正的我。美好的我。自在的我。被人愛著的我，儘管只有一點，但在畫下畫的那一刻的確是被眞心愛著的我。

在那用中國古墨畫成的肖像下，一行娟秀的、優雅的、流暢的字跡寫著：

人總是過著一種生活，卻夢想著另一種，而我們夢想的那個才是真實的。

不知道爲什麼，我一瞬間清醒了。一陣悲傷的情緒襲來。我也不明白爲什麼。也許是在這鏡像中看見自己的愚昧吧……

我拿起了這份禮物，起身離去。

5

這班火車包含了兩段列車，因此通往車站大廳的月台長得看不見盡頭，天色已暗，沒有人在某個地方等著想家的我。

我在蒙帕拿斯車站蒼白的燈光下走了好久，雙手在所有的口袋裡摸索著那串可惡的鑰匙。

我以爲淚水就要奪眶而出。

大概是後座力的作用吧。

後座力。積累的疲倦。

這對看不見任何事物的眼，我這雙總是迷失的眼，殘疾的眼，我的雙眼刺痛了我。

我把眼淚咽下。

一如往常。

據說潛水夫感冒時都會這麼做。

6

「這東西該不會是你的吧？」

家庭座上的一個女孩站在月台末端與車站大廳的接口處，手上掛著一串叮噹作響的鑰匙。

哪個女孩？

噢，任君挑選囉！

謝謝你，亨利的靈魂

封面插畫及設計：馮議徹

安娜・戈華達

一九七〇年出生於巴黎。一九九九年，安娜・戈華達在擔任高中法語教師期間，出版了她備受讚譽的第一部短篇小說集《我希望有人在什麼地方等我》，這本書在她的家鄉法國售出了超過七十五萬冊，並於二〇〇三年由企鵝蘭登書屋在美國出版。接下來，戈華達陸續出版了三部於歐洲各國都相當暢銷的長篇小說。她的第一部長篇《我曾經愛過》於二〇〇九年被翻拍成電影，而另一部小說《在一起就好》的改編電影《巴黎夜未眠》則由知名法國影星奧黛莉・朵杜主演。戈華達的小說如今已被翻譯成超過四十種語言。她現居巴黎。

鎧甲的裂縫

二〇二二年九月二十八日　初版第一刷

作者　安娜・戈華達
譯者　許雅雯
編輯　廖書逸
發行人　林聖修
出版　啟明出版事業股份有限公司
郵遞區號　一〇六八一
台北市大安區敦化南路二段
五十七號十二樓之一
電話　〇二二七〇八八三五一
總經銷　紅螞蟻圖書有限公司
法律顧問　北辰著作權事務所

定價標示於書衣封底。

ISBN 978-626-96372-1-8

國家圖書館出版品預行編目 (CIP) 資料

鎧甲的裂縫 / 安娜・戈華達（Anna Gavalda）著；許雅雯譯。
——初版—— 臺北市：啓明，2022.09。
352 面；12.8 × 18.8 公分。

譯自：Fendre l'armure
ISBN 978-626-96372-1-8（平裝）

876.57　　111013145

Fendre l'armure
By Anna Gavalda